感恩劉毅老師，感謝 「一口氣英語」！

我們從幼兒園學英語，學到高中、大學，甚至博士畢業，會做很多試卷，可是一見到外國人，往往張口結舌，聽不懂，不會說，變成英語上的「聾啞人」！「聾啞英語」如同癌症，困擾了數代英語人！我們多希望有一種教材，有一種方法，有一種良丹妙藥，讓我們治癒「聾啞英語」頑症，

劉毅老師頒發授權書
給趙艷花校長

同時又能兼顧考試。直到遇見台灣「英語天王」劉毅老師的「一口氣英語」。

趙老師學校主辦，劉毅老師親授「一口氣英語萬人講座」

「劉毅英文」稱雄台灣補教界近半個世紀，「一口氣英語」功不可沒！劉毅老師前無古人，後無來者的英語功底，成就了「一口氣英語」的靈魂。「一口氣英語」從詞彙學到文法，從演講到作文，從中英文成語到會話，各種題材、各種形式，包羅萬象。

康克教育感恩劉毅老師

　　感恩劉毅老師發明「一口氣英語」，2014年5月河南省鄭州市「康克教育」孫參軍老師，在接受「一口氣英語會話、演講」師訓後，經授權迅速在中原四省—河南省、河北省、安徽省、山西省，20多個城市、30多個分校開班授課，人數由5,000人倍速增長至12,000人次。

孫參軍校長與劉毅老師

　　2016年11、12月，受邀到「中國少林功夫弟子武僧院」，推廣「一口氣英語」教學，實現500人大班授課，全場武僧將少林功夫與「一口氣英語」完美詮釋，為打造未來功夫明星堅實的語言功底。

贏在學習・勝在改變

　　福建省福州市「沖聰教育」劉偉老師接受「一口氣英語演講」師訓後，讓同學從害怕、緊張、不敢，到充滿自信，並勇敢參加第十三屆「星星火炬英語風采大賽」，32位學生於福建省賽中，取得優異的成績。評委表示，學生演講的內容很有深度，驚訝不已！同年「沖聰教育」學生人數快速激增！

「一飛教育」陳佳明校長主持，
由劉毅老師親授「一口氣英語全國師資培訓」

劉毅獲頒「中國教育聯盟終身成就獎」

牛新哲主席代表「中國教育培訓聯盟」感謝「一口氣英語」創始人劉毅老師，終身致力於英語教育之卓越成就，給與全方位的獎勵，奠定角色模範，繼而鼓勵後輩，投入更多心力於英語教育領域，特別頒發「中國教育聯盟終生成就獎」，劉毅老師成為首位獲此殊榮的台灣之光。

劉毅老師於2017年2月6日在台北舉行「用會話背7000字」講座

背錯單字、吃錯藥，浪費生命

　　學習是一種投資，學到可以用的東西，就是賺錢；學的東西用不到，即是浪費。百年來，全世界所有的人學英文，花費功夫之大，超過想像。把說話的句子歸納成語法，把文章裡的句子歸納成文法，你看有多困難。甚至連字典都受到影響，如：I'm finished. 這個 finished 為什麼用被動？字典上不得不把 finished 當形容詞，作「做完了的」解，無數的文法規則，誰學得完？

　　單字也是個大問題，英文單字有 14 萬 1,746 個字，美國大學畢業生會約 4 萬個單字，每個單字有多個意思，我們一輩子背單字也背不完。大家學了多年的英文，大多到最後都放棄了，最慘的是英文老師。編者早年教英語會話，以為能夠教學相長，英文會越來越好。結果，越教越沒自信，因為那些會話教材太不實用了，無法主動對別人說。學了用不到，就會忘掉。

　　我從事英語教學近 50 年，早年到全省教書，教幾 10 年下來，幾千份講義，到最後通通忘記。現在，大學入學試題越來越難，同學做題目越做越沒有信心。把第一回模考題的單字背完，努力背到 100 份，第 101 份還是有 5、60 個生字。為什麼？因為英文命題範圍無限大，會讓老師和學生都絕望，不知道該如何準備大學入學考試。

　　英文單字無限多，不能亂背，超出範圍的，由於少用，即使背了也會忘記。自 2016 年起，「劉毅英文」嚴格要求模考試題的命題範圍，要和大考中心一樣，控制在 7000 字內。同學每次來考試，都先背一本「一口氣背 7000 字」，如此，越考，同學生字越少，每一次模考，都在複習 7000 字，越考就越有信心。今年大學入學考試，「劉毅英文」的同學都考得很好，讓學校班上的其他同學大為驚訝。如高世權同學的媽媽高興得不得了，傳簡訊來，說她的兒子學測英文考了 15 級分。

雖然教科書應以 7000 字為範圍，但還是很多超出 7000 字，如高一課本的 quintuplet（五胞胎之一），palate（味覺）等。國中生一升上高一，嚇都嚇死了，看到單字，讓他絕望，月期考試題又有課外，光背課本單字，無法得高分，會對英文失去興趣。唯有把 7000 字背得滾瓜爛熟，再看到少數不認識的單字，就不會害怕。

我十幾年前，就想把單字放在「一口氣背會話」中，多次和美籍老師討論，他們都說不可能。現在終於研發完成，句子要短、要用得到，能脫口把生字說出來。如看到別人穿了很好的運動鞋，你就可以說：

> Cool *sneakers*!（好酷的球鞋！）
> Pretty *neat*!（非常棒！）
> *Impressive*!（超帥！）【詳見「用會話背 7000 字①」p.7】

一口氣就說出三句話、五個單字。看到一個人，很有精神、很帥氣，你就可以跟他說：

> Looking *fabulous*!（看起來真帥氣！）
> Pretty *neat*!（非常棒！）
> I'm *impressed*.（我很佩服。）

極短句，加上單字，是最好的組合，說出來讓人佩服。背的句子說起來最有信心，說得比美國人還好。如原先美國人寫的是 Cool sneakers! Pretty cool! 我們研究後，改成 Pretty neat! neat 作「很棒的」解，是最新的流行用語。

用文法學英文，不如背短句，碰到與自己想法不同的，再查「文法寶典」，這是學英文最佳的方法。「用會話背 7000 字」的發明，將使學英文變得很簡單，只要背、只要使用，英文就可以學好。

劉毅

Unit 1

1. What a coincidence! 真巧！

2. What a pleasant surprise! 真是驚喜！

3. Cool sneakers! 好酷的運動鞋！

4. You earned it. 你努力得來的。

5. My hometown is rural. 我來自鄉村。

6. My parents are amazing. 我的父母很了不起。

7. Be polite. 要有禮貌。

8. Have a healthy life. 過健康的生活。

9. Have good hygiene. 要注意衛生。

10. She's gorgeous! 她非常漂亮！

11. Merry Christmas! 聖誕快樂！

12. Happy New Year! 新年快樂！

【劇情介紹】…………

　　碰到一個朋友，就可以說 "What a coincidence!" 或 "What a pleasant surprise!" 美國人的文化是要見到人就稱讚，說："Cool sneakers!" 看他情況很好，全身是名牌，說 "You earned it." 稱讚完之後，可以講自己的事，說："My hometown is rural." "My parents are amazing." 告訴對方父母教自己要："Be polite." "Have a healthy life." "Have good hygiene." 路上看到一個美女，可以對你的朋友說："She's gorgeous!" 聖誕節到了，說："Merry Christmas!" 新年到了，說："Happy New Year!"

Unit 1 ➤ 要主動對別人說英文
Be an English conversation starter.

1. 主角看到朋友，大叫：

What a coincidence!

2. 主角接著說：

What a pleasant surprise!

3. 主角手指著朋友的運動鞋說：

Cool sneakers!

4. 主角跟朋友說：

You earned it.

5. 主角跟朋友說：

My hometown is rural.

6. 主角手指父母的照片跟朋友說：

My parents are amazing.

7. 父親教主角：

Be polite.

8. 母親教主角：

Have a healthy life.

9. 父親跟主角說：

Have good hygiene.

10. 主角手指著一個走過去的美女，跟朋友說：

She's gorgeous!

11. 主角跟幾個人說：

Merry Christmas!

12. 主角跟班上同學說：

Happy New Year!

1. *What a coincidence!*

Track 1 Unit 1

UNIT 1

Holy cow!	天啊！
What a *coincidence*!	眞巧！
I wasn't *expecting* you.	我沒想到會見到你。
You look *terrific*.	你看起來很棒。
You're looking *marvelous*.	你看起來眞的很棒。
Have you been *exercising*?	你一直在運動嗎？
Nice *clothes*.	衣服眞漂亮。
Nice *hairstyle*.	髮型眞好看。
You seem much *healthier*.	你似乎更健康了。

** ————————————

holy³〔'holɪ〕*adj.* 神聖的   cow¹〔kaʊ〕*n.* 母牛

Holy cow! 天啊！（= *My God!*）

coincidence⁶〔ko'ɪnsədəns〕*n.* 巧合

expect²〔ɪk'spɛkt〕*v.* 期待   terrific²〔tə'rɪfɪk〕*adj.* 很棒的

marvelous³〔'mɑrvḷəs〕*adj.* 很棒的

exercise²〔'ɛksɚ͵saɪz〕*v.* 運動   clothes²〔kloz〕*n. pl.* 衣服

hairstyle⁵〔'hɛr͵staɪl〕*n.* 髮型   healthy²〔'hɛlθɪ〕*adj.* 健康的

【 Unit 1-1 背景說明 】

Holy cow!（天啊！）美國人常說成：Holy shit!（天啊！）因為 shit 是「大便」，所以只能跟熟的朋友說。還可說成：Goodness!（天啊！）My God!（我的天啊！）或 Oh my God!（喔，我的天啊！）「What + 名詞！」形成感歎句，文法上是省略主詞和動詞，但不是每個句子都適合。*What a coincidence!*（真巧！）不可說成：*What a coincidence it is!*（誤）*I wasn't expecting you.* 可說成：I wasn't expecting to see you.（我沒想到會見到你。）也常說成：I can't believe my eyes.（真想不到。）

美國人見面時，喜歡說：*You look terrific.* 之類的話。也可說成：You're looking terrific. 現在進行式有加強語氣的作用。這一回先說：*You look terrific.* 再說：*You're looking marvelous.* 是極佳的組合，聽的人會很高興。

Nice clothes. 源自 *You have* nice clothes. *Nice hairstyle.* 是口說英語，源自 *You have* a nice hairstyle. 也可說成：I like your hairstyle.（我喜歡你的髮型。）Your hairstyle is nice.（你的髮型很好。）*You seem much healthier.* 不可說成：*You seem very healthier.*（誤）原則上，very 修飾原級，much 修飾比較級。

2. What a pleasant surprise!

My *goodness*!	天呀！
What a *pleasant* surprise!	眞是驚喜！
So *glad* to see you.	很高興見到你。
You look *fantastic*.	你看起來棒極了。
You are looking *fabulous*.	你看起來很棒。
Been *working out*?	你是不是一直在運動？
Neat *bracelet*.	手鐲很棒。
Neat *necklace*.	項鍊很好看。
You seem like a *brand-new* person.	你看起來煥然一新。

UNIT 1

** ——————————————

goodness[2]〔'gudnɪs〕*n.* God 的委婉語
My goodness! 天呀！   pleasant[2]〔'plɛznt〕*adj.* 令人愉快的
surprise[1]〔sə'praɪz〕*n.* 驚訝；意外的事
so[1]〔so〕*adv.* 非常   glad[1]〔glæd〕*adj.* 高興的
fantastic[4]〔fæn'tæstɪk〕*adj.* 很棒的
fabulous[6]〔'fæbjələs〕*adj.* 極好的   ***work out*** 運動；健身
neat[2]〔nit〕*adj.* 整潔的；很棒的；很好的
bracelet[4]〔'breslɪt〕*n.* 手鐲   necklace[2]〔'nɛklɪs〕*n.* 項鍊
brand-new[2]〔'brænd'nju〕*adj.* 全新的

【Unit 1-2 背景説明】

　　背了第 1 回，再背第 2 回就簡單了，主要的目的是增加單字。*What a pleasant surprise!* 可説成：What a nice surprise! 或 What a wonderful surprise! 都表示「真是驚喜！」*So glad to see you.* 源自 *I'm* so glad to see you. so 在此等於 very。

　　美國人見了面，喜歡説：You look great. You look wonderful. You look terrific. You look marvelous. *You look fantastic.* You look fabulous. 都表示「你看起來很棒。」【詳見「一口氣背會話」p.11】共有十四個。*Been working out?* 源自 *Have you* been working out?「現在完成進行式」表從過去持續到現在，還在進行，可把 working out 改成 exercising。

【比較】 You look fabulous.【一般語氣】
　　　　 You're looking fabulous.【語氣較強】
　　　　 You are looking fabulous.【語氣最強】
　　　　 原則上，句子長，語氣就強。

把 fantastic 和 fabulous 放在一起，較容易背。

　　修飾 bracelet 和 necklace，最常用的是 nice，其次是 cool，neat，而 beautiful 較少用。bracelet 是「手鐲」，braces 是「牙套」。necklace 是「項鍊」，neck 是「脖子」，lace 是「蕾絲」。*You seem like a brand-new person.* 對男生就可説成：You seem like a brand-new man. 也常説成：You look like a brand-new man.（你看起來煥然一新。）

3. Cool sneakers!

Cool *sneakers*!	好酷的運動鞋！
Pretty neat!	非常棒！
Impressive!	超帥！
What *price* did you pay?	你花了多少錢？
How much did they *cost*?	它們要花多少錢買？
Did you get a *discount*?	你用折扣價買的嗎？
Are they *comfortable*?	它們穿起來舒服嗎？
Are they *waterproof*?	它們防水嗎？
How do they *fit*?	它們合腳嗎？

** ─────────────────

sneakers[5] 〔'snikəz 〕*n. pl.* 運動鞋
pretty[1] 〔'prɪtɪ 〕*adj.* 漂亮的   *adv.* 非常
neat[2] 〔 nit 〕*adj.* 整潔的；很棒的；很好的
impressive[3] 〔 ɪm'prɛsɪv 〕*adj.* 令人印象深刻的
price[1] 〔 praɪs 〕*n.* 價格   cost[1] 〔 kɔst 〕*v.* (事物) 花費 (錢)
discount[3] 〔'dɪskaʊnt 〕*n.* 折扣
comfortable[2] 〔'kʌmfətəbl̩ 〕*adj.* 舒服的
waterproof[6] 〔'wɔtə'pruf 〕*adj.* 防水的
fit[2] 〔 fɪt 〕*v.* 適合；合身

4. *You earned it.*

You *earned* it.	你努力得來的。
You *deserve* it.	你該得到的。
I'm glad you were *rewarded*.	我很高興你得到報酬。
You're *diligent*.	你很努力。
You're *competent*.	你很能幹。
I know you'll *go far*.	我知道你會成功。
You're *ambitious*.	你很有抱負。
You're *motivated*.	你充滿熱情。
I admire your *determination*.	我佩服你的決心。

**

earn[2] 〔 ɝn 〕 *v.* 獲得；贏得   deserve[4] 〔 dɪ'zɝv 〕 *v.* 應得
You deserve it. 句中用現在式，表示不變的事實。
reward[4] 〔 rɪ'wɔrd 〕 *v.* 酬報
diligent[3] 〔 'dɪlədʒənt 〕 *adj.* 勤勉的
competent[6] 〔 'kɑmpətənt 〕 *adj.* 能幹的
go far 成功 (= *be successful*)
ambitious[4] 〔 æm'bɪʃəs 〕 *adj.* 有抱負的
motivated 〔 'motə,vetɪd 〕 *adj.* 有積極性的；充滿熱情的
admire[3] 〔 əd'maɪr 〕 *v.* 欽佩
determination[4] 〔 dɪ,tɝmə'neʃən 〕 *n.* 決心

【 Unit 1-3 背景說明 】

　　Cool sneakers! 源自 : *You have* cool sneakers.
sneak[5]〔 snik 〕*v.* 偷偷地走，sneaky[6]〔'snikɪ〕*adj.* 鬼鬼祟祟的；
偷偷摸摸的，**因為 sneakers**（運動鞋）走起來很安靜。***Pretty***
neat! 源自 *They are* pretty neat. 句中 **neat** 的主要意思是「整潔
的」，但在此作「好的；不錯的；很棒的」解，等於 cool，也可以
說成 Pretty cool! 避免和上一句重複才沒使用。***Impressive!*** 源
自 *They're impressive.* 字面的意思是「它們令人印象深刻。」中
文裡什麼是「令人印象深刻」呢？也就是「好的不得了」，源自
impress，三句話就可學會 impress 的用法。

$$\left\{\begin{array}{l}\text{Your sneakers } \textit{impress} \text{ me.}\\ \text{I am } \textit{impressed} \text{ with them.}\\ \text{They are } \textit{impressive.}\end{array}\right.$$

　　因為 impress 字面的意思是「使印象深刻」，和中文格格不
入，所以大家都避免學，我們以最簡單的方法，讓你徹底學會。
你看到什麼好東西，都可以說 ***impressive***。*impress* 的用法像情
感動詞一樣，人做主詞用 ***impressed***，非人做主詞用 ***impressive***，
不能用 *impressing*（誤）。

【比較】 $\left\{\begin{array}{l}\text{A: I got a perfect score.（我得到滿分。）}\\ \text{B: \textit{Impressive!}（= \textit{That's impressive.}）（很厲害！）}\end{array}\right.$

$\left\{\begin{array}{l}\text{A: I did it myself.（我自己做的。）}\\ \text{B: I am \textit{impressed!}（我很佩服！）}\end{array}\right.$

　　impressive 和 *impressed* 有無限多種翻譯，要看前後句意
來判斷。

　　dis｜count　*n.* 折扣，「打九折」是 10% discount。
　　　不　｜　算

How do they fit? 也可說成 : Do they fit? 或 Are they suitable?
都表示「它們合腳嗎？」

UNIT 1

5. My hometown is rural.

My hometown is *rural*.	我來自鄉村。
It's in the *countryside*.	家鄉在郊區。
It's an *agricultural* area.	是農業區。
Our *population* is small.	我們的人口很少。
It's a *unique* place.	這是一個獨特的地方。
The weather is *agreeable*.	這裡的天氣很舒適。
Our people are *hospitable*.	我們的人民很好客。
Our culture is *exotic*.	我們有奇特的文化。
The food is *delicious*.	這裡的食物很好吃。

** ―――――――――――――――――

hometown³〔'hom'taʊn〕*n.* 家鄉   rural⁴〔'rʊrəl〕*adj.* 鄉村的
countryside²〔'kʌntrɪˌsaɪd〕*n.* 鄉間；鄉村地區；郊區
agricultural⁵〔ˌægrɪ'kʌltʃərəl〕*adj.* 農業的
area¹〔'ɛrɪə〕*n.* 地區   population²〔ˌpapjə'leʃən〕*n.* 人口（總數）
small¹〔smɔl〕*adj.* 小的；少的   unique⁴〔ju'nik〕*adj.* 獨特的
agreeable⁴〔ə'griəbl̩〕*adj.* 令人愉快的（= *pleasant*²）
hospitable⁶〔'haspɪtəbl̩〕*adj.* 好客的
culture²〔'kʌltʃɚ〕*n.* 文化
exotic⁶〔ɪg'zatɪk〕*adj.* 有異國風味的；奇特的
delicious²〔dɪ'lɪʃəs〕*adj.* 好吃的

6. *My parents are amazing.*

My parents are *amazing*.	我的父母很不了起。
They're really *awesome*.	他們真的太棒了。
I'm not *embarrassed* to say this.	這麼說我不覺得難爲情。
They *sacrifice* for me.	他們爲我犧牲許多。
They *clothe* and *feed* me.	他們給我衣食。
They always pay my *tuition*.	他們總是幫我付學費。
I'*m crazy about* them.	我很愛他們。
I'm forever *grateful*.	我永遠心存感激。
They're so *precious* to me.	他們對我而言非常珍貴。

** ——————————

amazing³ 〔ə'mezɪŋ〕*adj.* 驚人的；了不起的
awesome⁶ 〔'ɔsəm〕*adj.* 令人敬畏的；很棒的
embarrassed⁴ 〔ɪm'bærəst〕*adj.* 尷尬的；難爲情的
sacrifice⁴ 〔'sækrə,faɪs〕*v.* 犧牲
clothe² 〔kloð〕*v.* 給…提供衣服   feed¹ 〔fid〕*v.* 餵；養活
tuition⁵ 〔tu'ɪʃən〕*n.* 學費   crazy² 〔'krezɪ〕*adj.* 瘋狂的
be crazy about 迷戀；深愛著   forever⁴ 〔fə'ɛvə〕*adv.* 永遠
grateful⁴ 〔'gretfəl〕*adj.* 感激的
precious³ 〔'prɛʃəs〕*adj.* 珍貴的；重要的

【 Unit 1-5 背景説明 】

My hometown is rural. 也可説成 My hometown is
in the country. 或 My hometown is in the countryside.
（我來自鄉村。）My hometown is far from the city.（我
的家鄉離市區很遠。）

<u>agri</u>|<u>cultural</u>，以前的文化的，即是「農業的」。
ago¦　文化的

> 【比較】
>
> The weather is
> - *pleasant.*（令人愉快的。）【第一常用】
> - *comfortable.*（舒適的。）【第二常用】
> - *enjoyable.*（令人愉快的。）【第三常用】
> - *delightful.*（令人愉快的。）【第五常用】
> - *agreeable.*（令人愉快的。）【第四常用】
>
> agreeable 有很多意思：①可接受的 ②宜人的 ③令人愉快的
> ④令人滿意的。可加長爲：The weather is agreeable *all
> year round.*（這裡的天氣全年都很舒適。）
> *all year round* 全年（= *all the year round*）

【 Unit 1-6 背景説明 】

They're really awesome. 句中 awesome 可改成
terrific，wonderful，fantastic，或 delightful，意思相同，
都表示「很棒的」。awesome 這個字在口語中很常用。

7. Be polite.

Be *polite*.	要有禮貌。
Show *respect*.	要尊重他人。
Display good *manners*.	要展現出有禮貌的樣子。
Don't *spit*.	不要吐痰。
Don't *litter*.	不要亂丟垃圾。
Don't *pick* your nose.	不要挖你的鼻孔。
Don't *curse*.	不要罵髒話。
Don't be *vulgar*.	不可舉止粗俗。
Only fools talk *nasty*.	只有傻瓜才會說髒話。

** ————————————

polite[2] 〔 pə'laɪt 〕 *adj.* 有禮貌的；客氣的
show[1] 〔 ʃo 〕 *v.* 表示；展現   respect[2] 〔 rɪ'spɛkt 〕 *n.* 尊敬
display[2] 〔 dɪ'sple 〕 *v.* 展現
manners[3] 〔 'mænɚz 〕 *n. pl.* 禮貌；規矩；行為舉止
spit[3] 〔 spɪt 〕 *v.* 吐痰   litter[3] 〔 'lɪtɚ 〕 *v.* 亂丟垃圾
pick[2] 〔 pɪk 〕 *v.* 挖；摳   curse[4] 〔 kɝs 〕 *v.* 詛咒；罵髒話
vulgar[6] 〔 'vʌlgɚ 〕 *adj.* 粗俗的   fool[2] 〔 ful 〕 *n.* 傻瓜
nasty[5] 〔 'næstɪ 〕 *adj.* 冒犯的；無禮的

UNIT 1

8. Have a healthy life.

I *suggest* daily exercise.	我建議每天運動。
I *recommend* getting enough sleep.	我建議要睡眠充足。
Eat a *sensible* diet.	飲食要均衡。
Don't smoke *cigarettes*.	不要抽煙。
Don't take *drugs*.	不要吸毒。
Don't be a stupid *idiot*.	不要變成愚蠢的笨蛋。
Take a *nap* after lunch.	要午睡。
Drink plenty of *fluids*.	要喝很多水。
Develop healthy habits.	培養良好的習慣。

** ————————————————

suggest[3] 〔 səg'dʒɛst 〕 v. 建議　　daily[2] 〔'delɪ 〕 adj. 每天的
recommend[5] 〔ˌrɛkə'mɛnd 〕 v. 推薦；建議
sensible[3] 〔'sɛnsəb!〕 adj. 明智的；(飲食) 均衡合理的
diet[3] 〔'daɪət 〕 n. 飲食　　cigarette[3] 〔'sɪgəˌrɛt 〕 n. 香煙
take[1] 〔 tek 〕 v. 服用　　drug[2] 〔 drʌg 〕 n. 藥；毒品
stupid[1] 〔'stjupɪd 〕 adj. 愚蠢的　　idiot[5] 〔'ɪdɪət 〕 n. 白痴；笨蛋
nap[3] 〔 næp 〕 n. 午睡；小睡　　*plenty of* 很多的
fluid[6] 〔'fluɪd 〕 n. 液體；水分　　develop[2] 〔 dɪ'vɛləp 〕 v. 培養
healthy[2] 〔'hɛlθɪ 〕 adj. 健康的　　habit[2] 〔'hæbɪt 〕 n. 習慣

【 Unit 1-7 背景説明 】

看到任何晚輩不禮貌，都可説：*Be polite. Show respect. Display good manners.* 學會話，也能激勵自己，做一個有禮貌的人。

Display good manners.「展現出好的禮貌。」即是「要展現出有禮貌的樣子。」也可説成：Show good manners. 意思相同。*Don't curse.* 也可説成：Don't use foul language.（不要使用不好的語言。）nasty 的主要意思是「髒亂的」，talk nasty（説髒話）是慣用語，因爲 talk 是不及物動詞，後面照理説應該接副詞，卻接形容詞，類似的有 talk big（吹牛）。

【 Unit 1-8 背景説明 】

Don't smoke cigarettes. 可簡化爲 Don't smoke.（不要抽煙。）*Don't take drugs.* 可説成：Don't do drugs.（不要吸毒。）中文説「吃藥三分毒」，在英文裡，drug 是「藥物」，也是「毒品」，藥吃多了，對身體有害。

在字典上，fluid 是可數和不可數兩用名詞，在這裡要用 fluids。*Drink plenty of fluids.* 字面的意思是「要喝很多液體。」即「要喝很多水。」句中的 plenty of 可接單數或複數名詞，也可説成：Drink plenty of water.（要喝很多水。）

UNIT 1

9. *Have good hygiene*.

Bathe daily.	每天洗澡。
Brush your teeth.	刷牙。
Have good *hygiene*.	要注意衛生。
Cover up when you *cough*.	咳嗽時，遮蓋你的嘴。
Turn away when you *sneeze*.	不要面對他人打噴嚏。
Repeatedly wash your hands.	要經常洗手。
Don't spread *germs*.	不要散播病菌。
Don't *contaminate* others.	不要感染他人。
When sick, wear a *mask*.	生病時，要戴口罩。

** ────────────

bathe¹ 〔 beð 〕 *v.* 洗澡　　daily² 〔'delɪ 〕 *adv.* 每天
brush² 〔 brʌʃ 〕 *v.* 刷　　teeth² 〔 tiθ 〕 *n. pl.* 牙齒【單數為 tooth】
hygiene⁶ 〔'haɪdʒin 〕 *n.* 衛生　　cover¹ 〔'kʌvɚ 〕 *v.* 蓋；遮蔽
cover up 掩蓋；蓋住；遮住　　cough² 〔 kɔf 〕 *v.* 咳嗽
turn away 轉過臉　　sneeze⁴ 〔 sniz 〕 *v.* 打噴嚏
repeatedly² 〔 rɪ'pitɪdlɪ 〕 *adv.* 反覆地
spread² 〔 sprɛd 〕 *v.* 散佈；傳播　　germ⁴ 〔 dʒɝm 〕 *n.* 病菌
contaminate⁵ 〔 kən'tæmə,net 〕 *v.* 污染；感染
mask² 〔 mæsk 〕 *n.* 口罩　　***When sick, wear a mask.*** 源自
　　When *you are* sick, wear a mask. (生病時，要戴口罩。)

10. She's gorgeous!

She's *gorgeous*!	她非常漂亮！
She's *stunning*!	她美呆了！
She's so *attractive*!	她非常迷人！
Wise and *intelligent*.	聰明伶俐。
Confident and *honest*.	散發自信且誠實。
Charming in every way.	各方面都很有魅力。

（省略 She's）

A *classic beauty*.	典型的美女。
A *perfect* ten.	十全十美。

（省略 She's）

She's the girl of my *dreams*.	她是我的夢中情人。

** ─────────────

gorgeous⁵〔'gɔrdʒəs〕 *adj.* 好看的；極美的

stunning⁵〔'stʌnɪŋ〕 *adj.* 極美的；很吸引人的

attractive³〔ə'træktɪv〕 *adj.* 吸引人的；動人的

wise²〔waɪz〕 *adj.* 聰明的；有智慧的

intelligent⁴〔ɪn'tɛlədʒənt〕 *adj.* 聰明的；伶俐的

confident³〔'kɑnfədənt〕 *adj.* 有自信的

honest²〔'ɑnɪst〕 *adj.* 誠實的   charming³〔'tʃɑrmɪŋ〕 *adj.* 迷人的

classic²〔'klæsɪk〕 *adj.* 典型的；有代表性的

beauty¹〔'bjutɪ〕 *n.* 美；美女

perfect²〔'pɝfɪkt〕 *adj.* 完美的【給人評分 1 到 10 分，perfect ten 是
滿分，即「十全十美」】   dream¹〔drim〕 *n.* 夢

UNIT 1

11. Merry Christmas!

Merry Christmas!	聖誕快樂！
Season's *greetings*!	佳節愉快！
Happy *holidays*!	假日快樂！
Shopping *done*?	東西買好了嗎？
Got your tree up?	聖誕樹擺好了嗎？
Ready for the *rush*?	準備好搶購了嗎？
Any holiday plans?	有什麼假日計劃嗎？
Visiting *relatives*?	要去拜訪親戚嗎？
What are you *hoping for*?	你希望得到什麼？

** ——————————————

merry³ 〔'mɛrɪ 〕 *adj.* 歡樂的
Christmas¹ 〔'krɪsməs 〕 *n.* 聖誕節
season¹ 〔'sizn̩ 〕 *n.* 季節　　greetings⁴ 〔'gritɪŋz 〕 *n. pl.* 問候
holiday¹ 〔'hɑlə͵de 〕 *n.* 假日　　done¹ 〔 dʌn 〕 *adj.* 完成的
up³ 〔 ʌp 〕 *adv.* 向上；處於直立姿勢
ready¹ 〔'rɛdɪ 〕 *adj.* 準備好的
rush² 〔 rʌʃ 〕 *n.* 匆忙；熱潮；搶購　　visit¹ 〔'vɪzɪt 〕 *v.* 拜訪
relative⁴ 〔'rɛlətɪv 〕 *n.* 親戚　　*hope for* 希望得到

【 **Unit 1-11 背景説明** 】

　　Merry Christmas! 是固定用法，不能説成：*Happy Christmas!* (誤)。句子可拉長爲：I wish you a merry Christmas. (祝你聖誕快樂。) ***Season's greetings!*** 是慣用語，因爲美國的感恩節 (Thanksgiving) 是在 11 月第四個禮拜四，聖誕節 (Christmas) 是 12 月 25 日，元旦 (New Year's Day) 是 1 月 1 日，這三個節日接近，都在冬季，通稱爲 ***Season's greetings!*** 字面的意思是「季節的問候！」也就是「佳節愉快！」或「聖誕快樂！」通常用在聖誕卡上。

　　Shopping done? 源自：*Got your **shopping done?*** (你東西買完了沒有？) 或 *Have you got your **shopping done?*** (你已經買完你的東西沒有？) ***Got your tree up?*** 源自 *Have you **got your tree up?*** (你的聖誕樹擺好了沒？) (= *Have you put your tree up?*) 這裡的 tree 是指 Christmas tree (聖誕樹)，但美國人不説 *Got your Christmas tree up?* (誤)

　　Ready for the rush? 源自 *Are you **ready for the rush?*** 句中 rush[2] 〔 rʌʃ 〕 *n.* 匆忙；熱潮；搶購，在這裡是指 Christmas rush (聖誕節的購物熱潮)，這句話也可説成：

Ready for the Christmas rush?（準備好聖誕節去搶購了嗎？）在美國，聖誕節前兩個禮拜是購物潮，聖誕節過後，沒賣掉的東西，通常打到三折（70% off）。

 Any holiday plans? 源自：*Do you have **any** **holiday plans?***（你假期有沒有什麼計劃？）***Visiting relatives?*** 源自：*Are you **visiting** your **relatives?***（你是不是要拜訪你的親戚？）來去動詞 visit 可用現在進行式代替未來。

 What are you hoping for? 等於 What are you hoping to get?（你希望得到什麼東西？）不能說成：*What are you hoping?*（誤）

  A: ***What are you hoping for?***
  B: I'm hoping for a new bike.
   （我希望得到一台新的腳踏車。）

中文我們常說：「你希望什麼？」是省略句，應該是「你希望得到什麼？」（= *What are you hoping for?*）也可能是「你希望做什麼？」（= *What are you hoping to do?*）或「你希望看什麼？」（= *What are you hoping to see?*）或「你希望成為什麼？」（= *What are you hoping to be?*）所以，不能說 *What are you hoping?*（誤），因為 hoping 後面一定要加一些字說明，句意才明確。

12. Happy New Year!

Happy New Year!	新年快樂！
Let's *celebrate*.	我們來慶祝吧。
Let's *party* together.	我們一起盡情狂歡吧。
Any *resolutions*?	有什麼新年新希望嗎？
Any *major* plans?	有什麼大的計劃嗎？
I'm ready for a *fresh* start.	我準備要重新開始。
I want to *travel*.	我想去旅行。
I want to *stay in shape*.	我想保持健康。
I want to *master* English.	我想要精通英文。

** ────────────

celebrate³〔'sɛlə,bret〕v. 慶祝
party¹〔'pɑrtɪ〕n. 宴會；派對 v. 盡情狂歡
resolution⁴〔,rɛzə'luʃən〕n. 決心
major³〔'medʒɚ〕adj. 主要的；重大的
ready¹〔'rɛdɪ〕adj. 準備好的
fresh¹〔frɛʃ〕adj. 新鮮的；新的   start¹〔stɑrt〕n. 開始
travel²〔'trævl̩〕v. 旅行
shape¹〔ʃep〕n. 形狀；（健康）狀況
stay in shape 保持健康   master¹〔'mæstɚ〕v. 精通

【Unit 1-12 背景説明】

Let's party together. 可簡單説成：Let's party. 意思是「我們一起盡情狂歡吧。」party 的主要意思是「宴會；派對」，在這裡當動詞，作「盡情狂歡」解（= *have fun eating, drinking and dancing with other people*）。We have been *partying* all weekend. (整個週末我們都在盡情狂歡。) Let's *party* tonight. (今晚我們盡情狂歡吧。) I want to *party*. (我想要盡情狂歡。)

Let's party together.

Sure.

Any resolutions? 源自：*Do you have **any** New Year's **resolutions**?* (你有什麼新年新希望？) resolution[4] 〔ˌrɛzə'luʃən 〕 n. 決心；決心要做的事，中文的「新年新希望」，事實上就是在新的一年決心要做的事。*Any major plans?* 源自 *Do you have **any** major plans*? (你有什麼大的計劃嗎？) 也可説成：*Any big plans?* 意思相同。a fresh start 等於 a new start (新的開始)。

Unit 1 總複習

背至 2 分鐘之內，變成直覺，終生不會忘記。

1. *Holy* cow!
   What a *coincidence*!
   I wasn't *expecting* you.

   You look *terrific*.
   You're looking *marvelous*.
   Have you been *exercising*?

   Nice *clothes*.
   Nice *hairstyle*.
   You seem much *healthier*.

2. My *goodness*!
   What a *pleasant* surprise!
   So *glad* to see you.

   You look *fantastic*.
   You are looking *fabulous*.
   Been *working out*?

   Neat *bracelet*.
   Neat *necklace*.
   You seem like a *brand-new* person.

3. Cool *sneakers*!
   Pretty neat!
   Impressive!

   What *price* did you pay?
   How much did they *cost*?
   Did you get a *discount*?

   Are they *comfortable*?
   Are they *waterproof*?
   How do they *fit*?

4. You *earned* it.
   You *deserve* it.
   I'm glad you were *rewarded*.

   You're *diligent*.
   You're *competent*.
   I know you'll *go far*.

   You're *ambitious*.
   You're *motivated*.
   I admire your *determination*.

5. My hometown is *rural*.
   It's in the *countryside*.
   It's an *agricultural* area.

   Our *population* is small.
   It's a *unique* place.
   The weather is *agreeable*.

   Our people are *hospitable*.
   Our culture is *exotic*.
   The food is *delicious*.

6. My parents are *amazing*.
   They're really *awesome*.
   I'm not *embarrassed* to say this.

   They *sacrifice* for me.
   They *clothe* and *feed* me.
   They always pay my *tuition*.

   I'm crazy about them.
   I'm forever *grateful*.
   They're so *precious* to me.

7. Be *polite*.
Show *respect*.
Display good *manners*.

Don't *spit*.
Don't *litter*.
Don't *pick* your nose.

Don't *curse*.
Don't be *vulgar*.
Only fools talk *nasty*.

8. I *suggest* daily exercise.
I *recommend* getting enough sleep.
Eat a *sensible* diet.

Don't smoke *cigarettes*.
Don't take *drugs*.
Don't be a stupid *idiot*.

Take a *nap* after lunch.
Drink plenty of *fluids*.
Develop healthy habits.

9. *Bathe* daily.
Brush your teeth.
Have good *hygiene*.

Cover up when you *cough*.
Turn away when you *sneeze*.
Repeatedly wash your hands.

Don't spread *germs*.
Don't *contaminate* others.
When sick, wear a *mask*.

10. She's *gorgeous*!
She's *stunning*!
She's so *attractive*!

Wise and *intelligent*.
Confident and *honest*.
Charming in every way.

A *classic beauty*.
A *perfect* ten.
She's the girl of my *dreams*.

11. *Merry* Christmas!
Season's *greetings*!
Happy *holidays*!

Shopping *done*?
Got your tree up?
Ready for the *rush*?

Any holiday plans?
Visiting *relatives*?
What are you *hoping for*?

12. Happy New Year!
Let's *celebrate*.
Let's *party* together.

Any *resolutions*?
Any *major* plans?
I'm ready for a *fresh* start.

I want to *travel*.
I want to *stay in shape*.
I want to *master* English.

1. Be punctual! 要準時！
2. Take vitamins. 服用維他命。
3. Don't slump. 不要駝背。
4. Yearn to learn. 要渴望學習。
5. I'm a big sports fan. 我是個超級運動迷。
6. Stay on this sidewalk. 順著這人行道走。
7. My neighborhood is great. 我住的附近很棒。
8. A plane crashed. 一架飛機墜毀了。
9. Let the kid cry. 讓小孩哭。
10. Happy Thanksgiving! 感恩節快樂！
11. Seafood is my favorite. 我最喜愛海鮮。
12. Help your parents out. 幫助你的父母。

【劇情介紹】‧‧‧‧‧‧‧‧‧‧

　　每天上學都必須 "Be punctual." 吃完早餐後，要 "Take vitamins."，補充營養，才能有精神。上課時，"Don't slump." "Yearn to learn." 除了課業，在學校也要運動，"I'm a big sports fan." 學業跟體能才能都兼顧。放學走路回家，要 "Stay on this sidewalk." 注意交通安全，同時欣賞周遭環境，發現 "My neighborhood is great." 回到家，打開電視，新聞說 "A plane crashed." 所幸還有孩童倖存，救難人員 "Let the kid cry." 讓痛失親人的小孩宣洩悲傷情緒。這時候，特別感激父母健在，一起度過感恩節，說 "Happy Thanksgiving!" 除了火雞，父母知道 "Seafood is my favorite." 特地準備了各種海鮮一起享用。飽餐一頓後，要 "Help your parents out." 幫忙洗碗、整理餐桌，一起度過愉快的節日。

Unit 2 ➤ 要主動對別人說英文
Be an English conversation starter.

1. 主角跟同學說：

Be punctual.

2. 主角跟同學說：

Take vitamins.

3. 主角跟同學說：

Don't slump.

4. 主角跟同學說：

Yearn to learn.

5. 主角跟朋友說：

I'm a big sports fan.

6. 主角跟朋友說：

Stay on this sidewalk.

7. 主角跟同學說：

My neighborhood is great.

8. 主角看到電視跟家人說：

A plane crashed.

9. 看到小孩哭，主角跟家人說：

Let the kid cry.

10. 主角跟朋友說：

Happy Thanksgiving!

11. 主角跟朋友說：

Seafood is my favorite.

12. 主角跟同學說：

Help your parents out.

1. Be punctual!

Track 2 Unit 2

Be *punctual*!	要準時！
Arrive early.	早點到。
Latecomers are *rude*.	遲到者是很無禮的。
I *pity* them.	我可憐他們。
They have no *class*.	他們沒有格調。
There is no *excuse*.	沒有藉口。
Take pride in yourself.	以你自己為榮。
Be *reliable*.	做個可靠的人。
Punctuality is a *virtue*.	守時是美德。

** ————————————————

punctual[6] 〔ˈpʌŋktʃʊəl〕 *adj.* 準時的；守時的
comer[1] 〔ˈkʌmɚ〕 *n.* 來者
latecomer 〔ˈletˌkʌmɚ〕 *n.* 遲到者（= *late-comer* = *late comer*）
rude[2] 〔rud〕 *adj.* 無禮的   pity[3] 〔ˈpɪtɪ〕 *v.* 可憐；覺得…可悲
class[1] 〔klæs〕 *n.* 氣質；格調   excuse[2] 〔ɪkˈskjus〕 *n.* 藉口
pride[2] 〔praɪd〕 *n.* 驕傲；得意
take pride in 以…感到自豪；以…為榮
reliable[3] 〔rɪˈlaɪəbl̩〕 *adj.* 可靠的
punctuality[6] 〔ˌpʌŋktʃʊˈælətɪ〕 *n.* 守時
virtue[4] 〔ˈvɝtʃʊ〕 *n.* 美德

2. Take vitamins.

Take *vitamins*.	服用維他命。
They're *vital*.	它們是必需的。
They will prevent *disease*.	它們會預防疾病。
They help *vision*.	它們有助於視力。
They give *vitality*.	它們賦予我們活力。
They *strengthen* your bones.	它們鞏固你的骨骼。
I recommend *multivitamins*.	我推薦綜合維他命。
They contain various *nutrients*.	它們包含各種營養素。
You'll *benefit* for a lifetime.	你將一生受益。

** ────────────

take[1] 〔 tek 〕 v. 服用　vitamin[3] 〔'vaɪtəmɪn 〕 n. 維他命
vital[4] 〔'vaɪtl̩ 〕 adj. 必要的；極為重要的
prevent[3] 〔 prɪ'vɛnt 〕 v. 預防　disease[3] 〔 dɪ'ziz 〕 n. 疾病
vision[3] 〔'vɪʒən 〕 n. 視力　vitality[6] 〔 vaɪ'tælətɪ 〕 n. 活力
strengthen[4] 〔'strɛŋθən 〕 v. 加強；鞏固
recommend[5] 〔ˌrɛkə'mɛnd 〕 v. 推薦；建議
multivitamin 〔'mʌltɪˌvaɪtəmɪn 〕 n. 綜合維他命
contain[2] 〔 kən'ten 〕 v. 包含　various[3] 〔'vɛrɪəs 〕 adj. 各種的
nutrient[6] 〔'njutrɪənt 〕 n. 營養素　benefit[3] 〔'bɛnəfɪt 〕 v. 受益
lifetime[3] 〔'laɪfˌtaɪm 〕 n. 一生；終身

【Unit 2-1 背景説明】

　　和別人約會，一定要準時。***Be punctual!*** 也可説成：Be on time! (要準時！) 或 Arrive on time! (要準時到！) 要早一點到，***Arrive early.*** 表示誠意。讓別人等，你好像賺到了時間，事實上你失去了別人對你的信任。***Latecomers are rude.*** 也可説成：Late arrivals are inconsiderate. (晚到的人不體貼。) 做一個文明人，讓別人喜歡你，絕對不能遲到。

　　I pity them. 也可説成：I have pity for them. (我可憐他們。) 或 I feel bad for them. (我替他們感到難過。) ***They have no class.*** 中的 class 是指「氣質；格調」，如：She is pretty but has no ***class.*** (她很漂亮，但沒有格調。) He retired with ***class*** and dignity. (他很有格調而且有尊嚴地退休了。) ***There is no excuse.*** 也可説成：There is no excuse *for them.* (他們沒有藉口。)

【Unit 2-2 背景説明】

　　吃維他命有預防疾病的效果。***They will prevent disease.*** 也可説成：They'll prevent disease. 或 They prevent disease. (它們會預防疾病。)

　　You'll benefit for a lifetime. 也可説成：They're beneficial for a lifetime. (它們會讓你一生受益。)

UNIT 2

3. Don't slump.

Don't *slump*.	不要駝背。
Heads up.	抬頭。
Shoulders back.	挺胸。
Sit up *straight*.	坐直。
Good *posture* is important.	良好的姿勢很重要。
The *advantages* are many.	優點很多。
Respiration is easier.	呼吸更容易。
Circulation is better.	血液循環更好。
Concentration improves.	改善注意力。

** ────────────────

slump[5] 〔slʌmp〕 v. 垂頭彎腰地走 (或坐)
heads up 抬頭　　shoulders[1] 〔'ʃoldəz〕 n. pl. 肩膀
straight[2] 〔stret〕 adv. 直立地;垂直地
posture[6] 〔'pastʃə〕 n. 姿勢
advantage[3] 〔əd'væntɪdʒ〕 n. 優點
respiration 〔ˌrɛspə'reʃən〕 n. 呼吸
circulation[4] 〔ˌsɝkjə'leʃən〕 n. (血液的) 循環
concentration[4] 〔ˌkansṇ'treʃən〕 n. 專心;注意力
improve[2] 〔ɪm'pruv〕 v. 改善;提升

4. Yearn to learn.

Yearn to learn.	要渴望學習。
Challenge yourself.	挑戰自己。
Experience it all.	體驗所有一切。
Desire *wisdom*.	要渴求智慧。
Acquire knowledge.	要獲得知識。
Expand your *horizons*.	擴展視野。
Be a *scholar*.	要有學問。
Be a *lifelong* learner.	終生學習。
Be a *Renaissance* person.	做一個博學的人。

**

yearn[6] 〔 jɜn 〕 v. 渴望   challenge[3] 〔'tʃælɪndʒ 〕 v. 挑戰
experience[2] 〔 ɪk'spɪrɪəns 〕 v. 經歷；體驗
desire[2] 〔 dɪ'zaɪr 〕 v. 渴望
wisdom[3] 〔'wɪzdəm 〕 n. 智慧   acquire[4] 〔 ə'kwaɪr 〕 v. 獲得
expand[4] 〔 ɪk'spænd 〕 v. 擴大
horizons[4] 〔 hə'raɪznz 〕 n. pl. (知識) 範圍；領域；視野
scholar[3] 〔'skɑlɚ 〕 n. 學者；有學問的人
lifelong[5] 〔'laɪf'lɔŋ 〕 adj. 一生的；終生的
Renaissance[5] 〔ˌrɛnə'zɑns 〕 adj. 文藝復興的；博學的；多才多藝的

UNIT 2

UNIT 2

【Unit 2-3 背景説明】

slump 的主要意思是「突然倒下；暴跌」，如：Stocks *slumped* 6%. (股票暴跌百分之六。) *Don't slump.* 中的 slump，是「垂頭彎腰地走 (或坐)」。看到一個人彎腰駝背地坐著或站著，你就可以説：*Don't slump.* (不要駝背。) 有些字典只説 slump 是「癱坐著」。

Heads up. (抬頭。) 源自 *Get your* heads up. (把你的頭抬起來。)【參照「一口氣教師英語」p.8–9】即使對一個人説，也用 "Heads up." 因爲講多數比較禮貌，現在已經變成慣用語。*Head up.* (誤)

Shoulders back. 源自 *Get those* shoulders back. (挺胸。) 這一回的九句話，天天用得到。

【Unit 2-4 背景説明】

Yearn to learn. 也可説成：Desire to learn. (渴望學習。) *Acquire knowledge.* 也可説成：Gain knowledge. 或 Obtain knowledge. 都表示「要獲得知識。」*Be a Renaissance person.* 字面的意思是「做個文藝復興時期的人。」也就是「做個博學的人。」文藝復興時期，各種文化很興盛，Renaissance 當形容詞時，作「博學的；多才多藝的；開拓型的」解。

5. I'm a big sports fan.

I'm a big sports *fan*.	我是個超級運動迷。
I love *baseball*.	我愛棒球。
I like *basketball*, too.	我也愛籃球。
I play *badminton*.	我打羽毛球。
I'm OK at *ping-pong*.	我桌球打得還可以。
I'm not bad at *volleyball*.	我排球也打得不錯。
I like *athletics*.	我喜歡運動。
I'm a *decent* athlete.	我是個很好的運動員。
I like the *competition*.	我喜歡比賽。

UNIT 2

** ——————————

sports[1] 〔 spɔrts 〕 *adj.* 運動的   fan[3] 〔 fæn 〕 *n.* 迷；狂熱者
baseball[1] 〔'bes,bɔl 〕 *n.* 棒球
basketball[1] 〔'bæskɪt,bɔl 〕 *n.* 籃球
badminton[2] 〔'bædmɪntən 〕 *n.* 羽毛球
OK[1] 〔'o'ke 〕 *adj.* 可以的；不錯的
ping-pong[2] 〔'pɪŋ,paŋ 〕 *n.* 乒乓球；桌球
volleyball[2] 〔'valɪ,bɔl 〕 *n.* 排球
athletics[4] 〔 æθ'lɛtɪks 〕 *n. pl.* 運動；競賽
decent[6] 〔'disn̩t 〕 *adj.* 很好的；不錯的
athlete[3] 〔'æθlit 〕 *n.* 運動員
competition[4] 〔,kampə'tɪʃən 〕 *n.* 競爭；比賽

6. *Stay on this sidewalk.*

Stay on this *sidewalk*.	順著這人行道走。
Walk to that *intersection*.	走到那個十字路口。
Cross at the *crosswalk*.	在行人穿越道過馬路。
Go straight one *block*.	直走一個街區。
Turn right at the *corner*.	在街角右轉。
Continue to the *traffic light*.	持續走到紅路燈。
Look to your *left*.	往你的左手邊看。
It's *right* there.	就在那裡。
You can't *miss* it.	你不會找不到的。

**
---

stay[1] 〔ste〕*v.* 停留（在某處）
sidewalk[2] 〔'saɪd,wɔk〕*n.* 人行道
intersection[6] 〔,ɪntə·'sɛkʃən〕*n.* 十字路口
cross[2] 〔krɔs〕*v.* 橫越　crosswalk 〔'krɔs,wɔk〕*n.* 行人穿越道
straight[2] 〔stret〕*adv.* 直直地　　block[1] 〔blɑk〕*n.* 街區
turn right 右轉　　corner[2] 〔'kɔrnə·〕*n.* 轉角；街角
continue[1] 〔kən'tɪnju〕*v.* 繼續；（朝相同方向）走；移動
traffic light 紅綠燈　　left[1] 〔lɛft〕*n.* 左邊
right[1] 〔raɪt〕*adv.* 正好；就　　miss[1] 〔mɪs〕*v.* 錯過；沒找到

【Unit 2-5 背景説明】

　　I love baseball. 中的 baseball（棒球）雖是普通名詞，但表示運動的名詞前不加冠詞，像 basketball（籃球）、badminton（羽毛球）、ping-pong（乒乓球）、volleyball（排球）等。【詳見「文法寶典」p.222】

　　volleyball 中的 volley〔ˈvɑlɪ〕是名詞，作「（子彈）齊發；齊射」解，打排球就像子彈齊發一樣，不要和 valley²〔ˈvælɪ〕*n.* 山谷 搞混。

　　I'm a decent athlete. 中，decent 主要的意思是「高尚的；適當的；正派的」，在此作「好的」（= *good*）解。

【Unit 2-6 背景説明】

　　It's right there. 中的 right，在這裡作「正好；就」（= *exactly*）解。right 主要的意思有：①右邊 ②正確的 ③權利。

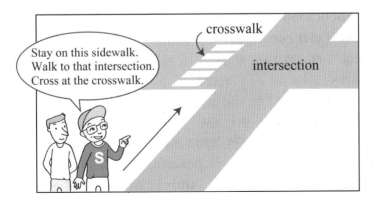

7. My neighborhood is great.

My *neighborhood* is great.	我住的附近很棒。
The location is *ideal*.	地點很理想。
Everything is *nearby*.	所有的事物都在附近。
We have *convenience* stores.	我們有便利商店。
There are *clinics* and schools.	有診所和學校。
There is a *lively* night market.	有熱鬧的夜市。
We have a *forest* park.	我們有森林公園。
It's *peaceful* and *calm*.	平靜又安寧。
I *truly* love my home.	我真的很愛我的家。

** ─────────────

neighborhood³ ('nebɚ,hʊd) *n.* 附近；鄰近地區
great¹ (gret) *adj.* 很棒的　　location⁴ (lo'keʃən) *n.* 位置；地點
ideal³ (aɪ'diəl) *adj.* 理想的
nearby² ('nɪr,baɪ) *adj.* 附近的
convenience⁴ (kən'vinjəns) *n.* 便利；方便
convenience store 便利商店　　clinic³ ('klɪnɪk) *n.* 診所
lively³ ('laɪvlɪ) *adj.* 有生氣的；熱鬧的　　*night market* 夜市
forest¹ ('fɔrɪst) *n.* 森林　　peaceful² ('pisfəl) *adj.* 寧靜的
calm² (kɑm) *adj.* 安靜的　　truly¹ ('trulɪ) *adv.* 真正地；非常

捷足先得 有史以來**最容易得獎**的背誦比賽！

　　除了原有的背誦比賽以外，優先購買本書的讀者，可參加最簡單的「用會話背7000字」Unit 1第1回背誦比賽。

1. **比賽目的：** 學會「一口氣英語」背誦方法。
2. **參加資格：** 本書讀者
3. **口試辦法：** 只要將Unit 1第1回9句話背至10秒內，正確無誤，即算通過。

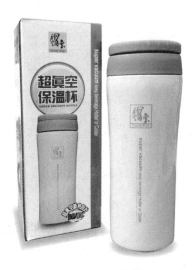

Holy cow!
What a *coincidence*!
I wasn't *expecting* you.

You look *terrific*.
You're looking *marvelous*.
Have you been *exercising*?

Nice *clothes*.
Nice *hairstyle*.
You seem much *healthier*.

4. **獎勵辦法：** 優先背好的前100名讀者，可得鍋寶「超真空保溫杯」一個。背書背到口渴，喝一口水，繼續不斷地背，嘴部肌肉從適合講中文變成英文，很奇怪，不但英文變得流利，中文也會變得字正腔圓，不再有口音，說起話來像電視主播。

5. **口試時間：** 每日下午3點至晚上10點
6. **口試地點：** 台北市許昌街17號6F（捷運M8出口‧壽德大樓）

✎ 得獎感言：

....

....

....

....

....

....

....

「超真空保溫杯」領獎表

姓 名		手 機	
地 址			

教育程度：□小學　　□國中　　□高中　　□大學　　□研究所

是否為劉毅英文班內生？　□是　　□否

 劉毅英文教育機構　台北本部：台北市許昌街17號6F　　TEL：（02）2389-5212
台中總部：台中市三民路三段125號7F　TEL：（04）2221-8861
www.learnschool.com.tw

8. *A plane crashed.*

A plane *crashed*.	一架飛機墜毀了。
There were no *survivors*.	沒有生還者。
What a *tragedy*!	這真是一場悲劇！
So many *victims*.	有許多受害者。
It's a senseless *disaster*.	這是無謂的災難。
I'm in *shock*.	我很震驚。
Was it a *mechanical* failure?	這是機械故障嗎？
Was it pilot *error*?	是機師的過失嗎？
Authorities are still investigating.	當局還在調查。

UNIT 2

** ───────────────

plane¹〔plen〕*n.* 飛機（= *airplane*¹）
crash³〔kræʃ〕*v.* 墜毀   survivor³〔sə'vaɪvə〕*n.* 生還者
tragedy⁴〔'trædʒədɪ〕*n.* 悲劇   victim²〔'vɪktɪm〕*n.* 受害者
senseless〔'sɛnslɪs〕*adj.* 沒有目的的；無意義的
disaster⁴〔dɪz'æstə〕*n.* 災難   shock²〔ʃɑk〕*n.* 震驚
mechanical⁴〔mə'kænɪkl̩〕*adj.* 機械上的
failure²〔'feljə〕*n.* 失敗；故障
pilot³〔'paɪlət〕*n.* 飛行員；機師   error²〔'ɛrə〕*n.* 錯誤；過失
authorities⁴〔ə'θɔrətɪz〕*n. pl.* 官方；當局
investigate³〔ɪn'vɛstə,get〕*v.* 調查

【Unit 2-7 背景説明】

選擇住家一定要看附近的情況，地點一定要好，生活機能方便，如有 convenience store（便利商店）、mini-mart（小超市），或 7-11，要離診所（clinic）和學校近。好的住宅區會有公園，而且又安靜。

It's peaceful and calm. 用 and 連接兩個同義的形容詞，用來加強語氣，相當於 It's very peaceful.（非常平靜。）也可説成：It's very tranquil.（非常寧靜。）

【Unit 2-8 背景説明】

crash（墜毀）是不及物動詞，不可用被動。

【比較】 A plane crashed.【正】

　　　　A plane was crashed.【誤】

So many victims. 是 *There were* so many victims. 的省略。

disaster（災難）等於 catastrophe[6]〔kəˈtæstrəfɪ〕*n.* 大災難。*I'm in shock*. 也可説成：I'm shocked.（我很震驚。）

authority 的主要意思是「權威」，源自 author（作者），它的複數形 authorities 則作「當局」解。*Authorities are still investigating*. 正式書寫英文爲：*The authorities* are still investigating.（當局仍然在調查中。）

9. Let the kid cry.

Let the *kid* cry.	讓小孩哭。
Let her *scream* and yell.	讓她尖叫嘶吼。
It strengthens the *lungs*.	這能加強肺部功能。
It's *beneficial*.	這有好處。
It's good *training*.	這是很好的訓練。
Don't *spoil* the child.	不要寵壞小孩。
Don't feel *guilty*.	不要感到內疚。
It's not *abuse*.	這不是虐待。
You're doing her a *favor*.	你是在幫助她。

UNIT 2

** ————————————————

kid[1] 〔 kɪd 〕 *n.* 小孩　　scream[3] 〔 skrim 〕 *v.* 尖叫
yell[3] 〔 jɛl 〕 *v.* 大叫；叫喊
strengthen[4] 〔ˈstrɛŋθən 〕 *v.* 加強；增強
lung[3] 〔 lʌŋ 〕 *n.* 肺
beneficial[5] 〔ˌbɛnəˈfɪʃəl 〕 *adj.* 有益的；有利的
training[1] 〔ˈtrenɪŋ 〕 *n.* 訓練　　spoil[3] 〔 spɔɪl 〕 *v.* 寵壞
guilty[4] 〔ˈgɪltɪ 〕 *adj.* 有罪的；愧疚的
abuse[6] 〔 əˈbjus 〕 *n.* 虐待　　favor[2] 〔ˈfevɚ 〕 *n.* 幫忙
do sb. a favor 幫某人忙；對某人有好處

10. Happy Thanksgiving!

UNIT 2

Happy *Thanksgiving*!	感恩節快樂！
Best *wishes* to you.	致上最好的祝福。
Have a *joyous* holiday.	有一個愉快的假日。
Enjoy your family *reunion*.	享受你家人的團聚。
Enjoy that *turkey*.	享用那火雞。
Have a big *feast*.	吃個大餐。
I'm going to *pig out*.	我要去大吃特吃。
We're *thankful* and grateful.	我們非常感激。
We're *healthy* and well.	我們身體非常健康。

** ────────────────

Thanksgiving〔͵θæŋks'gɪvɪŋ〕*n.* 感恩節
wishes[1]〔'wɪʃɪz〕*n. pl.* 祝福
joyous[6]〔'dʒɔɪəs〕*adj.* 愉快的（= *joyful*）
holiday[1]〔'hɑlə͵de〕*n.* 假日
reunion[4]〔ri'junjən〕*n.* 重聚；團圓
turkey[2]〔'tɝkɪ〕*n.* 火雞　　feast[4]〔fist〕*n.* 盛宴
pig out 大吃特吃　　thankful[3]〔'θæŋkfəl〕*adj.* 感激的
grateful[4]〔'gretfəl〕*adj.* 感激的
healthy[2]〔'hɛlθɪ〕*adj.* 健康的　　well[2]〔wɛl〕*adj.* 健康的

【**Unit 2-10 背景説明**】

  Happy Thanksgiving! 也可説成：Happy Thanksgiving Day! 是個省略句，源自：I wish you a happy Thanksgiving Day. (祝你感恩節快樂。)
Best wishes to you. 是慣用句，也可説成：I wish you the best. (祝你萬事如意。)

  I'm going to pig out. 中的 pig out 是「大吃特吃」(= *eat an extremely large amount of food*)。開始吃飯時，可以説：Let's eat. (吃吧。) Let's ***pig out.***
(我們大吃一頓吧。)想大吃什麼，pig out 後可接 on，I really want to ***pig out on*** pizza. (我真的想大吃一頓披薩。)

  We're thankful and grateful. 句中的 thankful 和 grateful 都表示「感激的」，英文往往會用同義的形容詞來加強語氣。

【比較】　We're thankful. (我們很感激。)【一般語氣】
   We're thankful and grateful.【語氣較強】
    (我們非常感激。)

【比較】　We're healthy. (我們很健康。)【一般語氣】
   We're healthy and well.【語氣較強】
    (我們身體非常健康。)

UNIT 2

11. *Seafood is my favorite*.

Seafood is my *favorite*.	我最喜愛海鮮。
I love *spaghetti*.	我愛義大利麵。
I love *pizza*.	我愛披薩。
Shrimp is delicious.	蝦子很美味。
Salmon is *delightful*.	鮭魚令人愉快。
Lobster is the best.	龍蝦是最棒的。
I'm crazy about *oysters*.	我熱愛牡蠣。
I like *crabs* and *clams*.	我喜歡螃蟹和蛤蜊。
I can't resist *raw* fish.	我無法抵抗生魚片。

** ────────────

seafood¹ 〔'si͵fud 〕 *n.* 海鮮
favorite² 〔'fevərɪt 〕 *n.* 最喜愛的人或物
spaghetti² 〔 spə'gɛtɪ 〕 *n.* 義大利麵
pizza² 〔'pitsə 〕 *n.* 披薩　　shrimp² 〔 ʃrɪmp 〕 *n.* 蝦子
delicious² 〔 dɪ'lɪʃəs 〕 *adj.* 美味的
salmon⁵ 〔'sæmən 〕 *n.* 鮭魚
delightful⁴ 〔 dɪ'laɪtfəl 〕 *adj.* 令人愉快的
lobster³ 〔'lɑbstɚ 〕 *n.* 龍蝦　　*be crazy about* 很喜歡
oyster⁵ 〔'ɔɪstɚ 〕 *n.* 牡蠣　　crab² 〔 kræb 〕 *n.* 螃蟹
clam⁵ 〔 klæm 〕 *n.* 蛤蜊　　resist³ 〔 rɪ'zɪst 〕 *v.* 抵抗
raw³ 〔 rɔ 〕 *adj.* 生的

12. Help your parents out.

Do household *chores*.	做家事。
Keep your room *tidy*.	保持你房間的整潔。
Help your parents *out*.	幫助你的父母。
You're not *royalty*.	你不是皇室成員。
Your family is a *team*.	你的家庭是個團隊。
The world doesn't *revolve* around you.	世界不是繞著你轉。
Show your *gratitude*.	要表達感激。
Have a good *attitude*.	要有良好的態度。
Try to *lighten* their *load*.	試著減輕他們的負擔。

** ——————————————

household[4] ('haʊs,hold) *adj.* 家庭的
chores[4] (tʃorz) *n. pl.* 雜事；家務
household chores 家事 (= *housework*)
tidy[3] ('taɪdɪ) *adj.* 整潔的   *help sb. out* 幫助某人
royalty[6] ('rɔɪəltɪ) *n.* 皇室；皇族；皇族的一員
team[2] (tim) *n.* 團隊   revolve[5] (rɪ'vɑlv) *v.* 旋轉
show[1] (ʃo) *v.* 顯示；表現   gratitude[4] ('grætə,tjud) *n.* 感激
attitude[3] ('ætə,tjud) *n.* 態度   lighten[4] ('laɪtn̩) *v.* 減輕
load[3] (lod) *n.* 負荷；負擔

Unit 2 總複習

背至 2 分鐘之內，變成直覺，終生不會忘記。

1. Be *punctual*!
Arrive early.
Late comers are *rude*.

I *pity* them.
They have no *class*.
There is no *excuse*.

Take pride in yourself.
Be *reliable*.
Punctuality is a *virtue*.

2. Take *vitamins*.
They're *vital*.
They will prevent *disease*.

They help *vision*.
They give *vitality*.
They *strengthen* your bones.

I recommend *multivitamins*.
They contain various *nutrients*.
You'll *benefit* for a lifetime.

3. Don't *slump*.
Heads up.
Shoulders back.

Sit up *straight*.
Good *posture* is important.
The *advantages* are many.

Respiration is easier.
Circulation is better.
Concentration improves.

4. *Yearn* to learn.
Challenge yourself.
Experience it all.

Desire *wisdom*.
Acquire knowledge.
Expand your *horizons*.

Be a *scholar*.
Be a *lifelong* learner.
Be a *Renaissance* person.

5. I'm a big sports *fan*.
I love *baseball*.
I like *basketball*, too.

I play *badminton*.
I'm OK at *ping-pong*.
I'm not bad at *volleyball*.

I like *athletics*.
I'm a *decent* athlete.
I like the *competition*.

6. Stay on this *sidewalk*.
Walk to that *intersection*.
Cross at the *crosswalk*.

Go straight one *block*.
Turn right at the *corner*.
Continue to the *traffic light*.

Look to your *left*.
It's *right* there.
You can't *miss* it.

7. My *neighborhood* is great.
   The location is *ideal*.
   Everything is *nearby*.

   We have *convenience* stores.
   There are *clinics* and schools.
   There is a *lively* night market.

   We have a *forest* park.
   It's *peaceful* and *calm*.
   I *truly* love my home.

8. A plane *crashed*.
   There were no *survivors*.
   What a *tragedy*!

   So many *victims*.
   It's a senseless *disaster*.
   I'm in *shock*.

   Was it a *mechanical* failure?
   Was it pilot *error*?
   Authorities are still
     investigating.

9. Let the *kid* cry.
   Let her *scream* and yell.
   It strengthens the *lungs*.

   It's *beneficial*.
   It's good *training*.
   Don't *spoil* the child.

   Don't feel *guilty*.
   It's not *abuse*.
   You're doing her a *favor*.

10. Happy *Thanksgiving*!
    Best *wishes* to you.
    Have a *joyous* holiday.

    Enjoy your family *reunion*.
    Enjoy that *turkey*.
    Have a big *feast*.

    I'm going to *pig out*.
    We're *thankful* and grateful.
    We're *healthy* and well.

11. *Seafood* is my *favorite*.
    I love *spaghetti*.
    I love *pizza*.

    Shrimp is delicious.
    Salmon is *delightful*.
    Lobster is the best.

    I'm crazy about *oysters*.
    I like *crabs* and *clams*.
    I can't resist *raw* fish.

12. Do household *chores*.
    Keep your room *tidy*.
    Help your parents *out*.

    You're not *royalty*.
    Your family is a *team*.
    The world doesn't *revolve*
      around you.

    Show your *gratitude*.
    Have a good *attitude*.
    Try to *lighten* their *load*.

Unit 3

1. What's your goal? 你的目標是什麼？

2. How's school? 學校情況如何？

3. Please introduce yourself. 請介紹一下你自己。

4. My parents are traditional. 我的父母很傳統。

5. Be truthful. 說實話。

6. Words matter. 話語很重要。

7. Hungry? 餓嗎？

8. Almost broke? 快沒錢了嗎？

9. I went for an interview. 我去面試。

10. Happy Valentine's Day! 情人節快樂！

11. Where's the remote? 遙控器在哪？

12. Don't say "Bye-bye." 不要說「拜拜。」

【劇情介紹】…………

　　跟朋友說 "What's your goal?" 了解朋友的目標，才知道如何和他相處。再問他 "How's school?" 知道學校情況後，說 "Please introduce yourself." 更進一步認識對方。了解朋友之後，聊天會聊到父母，說 "My parents are traditional." 父母從小教導我們要 "Be truthful." 因為 "Words matter." 說話可以看出一個人的品格。聊完天後，消耗體力，對朋友說 "Hungry?" 發現對方 "Almost broke?" 告知朋友如何找工作賺錢，說 "I went for an interview." 有了錢，才可以和情人去吃大餐，說 "Happy Valentine's Day!" 帶女朋友回家看電視，找遙控器，問 "Where's the remote?" 看完電視，送情人回家，說 "Don't say Bye-bye." 明天見。

Unit 3 ➤ 要主動對別人說英文
Be an English conversation starter.

1. 主角問朋友：

What's your goal?

2. 主角問朋友：

How's school?

3. 主角跟同學說：

Please introduce yourself.

4. 主角談到自己的父母：

My parents are traditional.

5. 父母教主角：

Be truthful.

6. 父母教主角：

Words matter.

7. 主角跟朋友說：

Hungry?

8. 主角跟朋友說：

Almost broke?

9. 主角對朋友說：

I went for an interview.

10. 主角跟女朋友說：

Happy Valentine's Day!

11. 主角在家看電視：

Where's the remote?

12. 主角勸朋友：

Don't say "Bye-bye."

1. What's your goal?

Track 3 Unit 3

UNIT 3

What's your *goal*?	你的目標是什麼？
What's your *future* plan?	你未來的計劃是什麼？
What *career* are you interested in?	你對什麼職業有興趣？
I'm preparing for *college*.	我正在為大學做準備。
I'm studying for the *entrance exam*.	我正為入學考試而讀書。
I attend a top *cram school*.	我參加一間最優良的補習班。
I'm aiming for an *elite* school.	我的目標是一所菁英學校。
I plan to *graduate* with honors.	我打算以優等成績畢業。
I want *awards* and scholarships.	我想要得獎和獎學金。

** ————————————————

goal² 〔 gol 〕 *n.* 目標   future² 〔 'fjutʃɚ 〕 *adj.* 未來的
career⁴ 〔 kə'rɪr 〕 *n.* 職業；生涯   *be interested in* 對…有興趣
prepare for 為…做準備   college³ 〔 'kɑlɪdʒ 〕 *n.* 大學
entrance² 〔 'ɛntrəns 〕 *n.* 入學   attend² 〔 ə'tɛnd 〕 *v.* 參加；就讀
cram school 補習班   *aim for* 目的在於；志在…
elite⁶ 〔 ɪ'lit 〕 *n.* 精英份子 *adj.* 最優秀的；精英的
graduate³ 〔 'grædʒʊ,et 〕 *v.* 畢業   honors³ 〔 'ɑnɚz 〕 *n.* 優等
graduate with honors 以優等成績畢業
award³ 〔 ə'wɔrd 〕 *n.* 獎；獎品
scholarship³ 〔 'skɑlɚ,ʃɪp 〕 *n.* 獎學金

2. How's school?

How's school?	學校情況如何？
How's the *semester*?	這學期如何？
How's your *schedule*?	你的日程安排如何？
Like your *courses*?	喜歡你的課程嗎？
What are you *taking*?	你上些什麼課？
What's your favorite *class*?	你最喜愛的課是什麼？
Getting good *grades*?	有得到好成績嗎？
How are your teachers?	你的老師如何？
Any really *stand out*?	有任何十分出色的嗎？

** ————————————

school[1] 〔 skul 〕 *n.* 學校；上學；學業；功課

semester[2] 〔 sə'mɛstə 〕 *n.* 學期

schedule[3] 〔'skɛdʒul 〕 *n.* 時間表；日程安排表

course[1] 〔 kors 〕 *n.* 課程   take[1] 〔 tek 〕 *v.* 學；上（課）

favorite[2] 〔'fevərɪt 〕 *adj.* 最喜愛的

class[1] 〔 klæs 〕 *n.* 課   grade[2] 〔 gred 〕 *n.* 成績

really[1] 〔'rɪəlɪ 〕 *adv.* 真正地；十分   *stand out* 突出；傑出

3. Please introduce yourself.

Please *introduce* yourself.	請介紹一下你自己。
May I ask your *full name*?	我可以問你的全名嗎？
What *nationality* are you?	你是什麼國籍？
Mind if I ask what you do?	介意我問你是做什麼的嗎？
What's your *occupation*?	你的職業是什麼？
Are you here *on business*?	你是來這裡出差嗎？
When did you *arrive*?	你什麼時候到達？
Where are you *staying*?	你住在哪裡？
What are your *impressions*?	你的印象是什麼？

UNIT 3

** ————————————————

introduce² 〔,ɪntrə'djus 〕 *v.* 介紹　　***full name*** 全名
nationality⁴ 〔,næʃən'ælətɪ 〕 *n.* 國籍
mind¹ 〔 maɪnd 〕 *v.* 介意
occupation⁴ 〔,ɑkjə'peʃən 〕 *n.* 職業
business² 〔'bɪznɪs 〕 *n.* 商業　　***on business*** 出差
arrive² 〔 ə'raɪv 〕 *v.* 到達
stay¹ 〔 ste 〕 *v.* 停留；暫住；投宿
impression⁴ 〔 ɪm'prɛʃən 〕 *n.* 印象

【Unit 3-2 背景説明】

Like your courses? 源自：*Do you* like your courses?
（你喜不喜歡你的課程？）

Getting good grades? 源自：*Are you* getting good
grades?（你有得到好成績嗎？）強調現在，用現在進行式。也
可說成：Do you get good grades?（你有得到好成績嗎？）

Any really stand out? 當 any 做代名詞時，可表單、
複數，在這裡指「任何一個或一些人」，可用複數動詞 stand。
字面的意思是「有沒有任何人真的站出來？」引申為「有沒有
真正突出的老師？」

【Unit 3-3 背景説明】

Mind if I ask what you do? 源自：*Do you* mind if I
ask what you do?（你介不介意我問你是做什麼的？）Mind
if I ask 是禮貌的說法，直接問別人 What do you do?（你
是做什麼的？）較不禮貌。

What's your occupation? 也可說成：What's your
profession?（你的職業是什麼？）What do you do?（你是
做什麼的？）Where do you work?（你在哪裡工作？）*Are
you here on business?* 可加長為：Are you here on
business or pleasure?（你來這裡出差還是來玩？）（= *Are
you here for business or pleasure?*）極少用 *Are you here
on business or for pressure?*

What are your impressions? 源自 What are your
impressions *of this place?*（你對這個地方的印象如何？）或
What do you think of this place?（你覺得這個地方如何？）

UNIT 3

4. My parents are traditional.

My parents are *traditional*.	我的父母很傳統。
They are *conservative*.	他們很保守。
That's their *generation*.	他們那個世代就是如此。
I'm more *open-minded*.	我比較開明。
I'm more *modern*.	我想法比較新潮。
I'm more *tolerant* of new ideas.	我比較能接受新的想法。
I don't *judge* them.	我不會批評他們。
They don't *ridicule* me.	他們不會嘲笑我。
We have a *mutual* respect.	我們彼此尊重。

UNIT 3

** ──────────

traditional² 〔 trə'dɪʃənḷ 〕 *adj.* 傳統的
conservative⁴ 〔 kən'sɝvətɪv 〕 *adj.* 保守的
generation⁴ 〔ˌdʒɛnə'reʃən 〕 *n.* 世代
open-minded⁴ 〔'opən'maɪndɪd 〕 *adj.* 開明的
modern² 〔'mɑdɚn 〕 *adj.* 現代的；新潮的
tolerant⁴ 〔'tɑlərənt 〕 *adj.* 寬容的
judge² 〔 dʒʌdʒ 〕 *v.* 判斷；批評   ridicule⁶ 〔'rɪdɪˌkjul 〕 *v.* 嘲笑
mutual⁴ 〔'mjutʃuəl 〕 *adj.* 互相的
respect² 〔 rɪ'spɛkt 〕 *n.* 尊重

5. *Be truthful*.

Be *truthful*.	說實話。
Be *moral*.	品行要端正。
Have a code of *ethics*.	要有道德準則。
Do the *proper* thing.	做正確的事。
Never *stray*.	絕不要誤入歧途。
You'll never *regret* it.	你絕不會後悔。
Abide by the law.	要遵守法律。
Never *lie*, cheat, or steal.	絕不說謊、欺騙或偷竊。
Don't *tolerate* those who do.	不要容忍這樣子的人。

UNIT 3

** ——————————

truthful[3] (ˈtruθfəl) *adj.* 說實話的；誠實的
moral[3] (ˈmɔrəl) *adj.* 有道德的；品行端正的
code[4] (kod) *n.* 規範；準則
ethics[5] (ˈɛθɪks) *n. pl.* 道德規範
proper[3] (ˈprɑpɚ) *adj.* 適當的；正確的
stray[5] (stre) *v.* 誤入歧途   regret[3] (rɪˈgrɛt) *v.* 後悔
abide by 遵守   law[1] (lɔ) *n.* 法律   lie[2] (laɪ) *v.* 說謊
cheat[2] (tʃit) *v.* 欺騙   steal[2] (stil) *v.* 偷竊
tolerate[4] (ˈtɑləˌret) *v.* 容忍

6. Words matter.

Words *matter*.	話語很重要。
Your words *represent* you.	你的話就代表你。
Be *articulate*.	要會說話。
Encourage people.	鼓勵別人。
Compliment others.	讚美他人。
Say *positive* things.	說正面的話。
Don't *criticize*.	不要批評。
Don't *complain*.	不要抱怨。
Don't *gossip*.	不要說八卦。

**

---

words[1] 〔wɜˋdz〕 *n. pl.* 言語；話
matter[1] 〔ˊmætɚ〕 *v.* 有關係；重要
represent[3] 〔ˌrɛprɪˊzɛnt〕 *v.* 代表
articulate[6] 〔ɑrˊtɪkjəlɪt〕 *adj.* 口齒清晰的；能言善道的
encourage[2] 〔ɪnˊkɜˋɪdʒ〕 *v.* 鼓勵
compliment[5] 〔ˊkɑmpləˌmɛnt〕 *v.* 讚美
positive[2] 〔ˊpɑzətɪv〕 *adj.* 正面的；肯定的；表示贊成的
criticize[4] 〔ˊkrɪtəˌsaɪz〕 *v.* 批評
complain[2] 〔kəmˊplen〕 *v.* 抱怨
gossip[3] 〔ˊgɑsəp〕 *v.* 說閒話；說八卦

【Unit 3-5 背景說明】

Have a code of ethics. 句中的 code，主要的意思是「密碼」，在此作「規範；準則」(= *set of rules*) 解。也可說成：Have a moral code. (要有道德準則。)

Do the proper thing. 美國人也常說成：Do the right thing. 或 Do the correct thing. 都表示「做正確的事。」*Never stray.* 也可說成：Never go astray. (不要誤入歧途。)

Abide by the law. 也可說成：Obey the law. 或 Follow the law. 都表示「要遵守法律。」*Never lie, cheat, or steal.* 從輕微到嚴重，這是美國人的習慣說法，次序不可顛倒，不可說成：*Never cheat, steal, or lie.* (誤) 或 *Never steal, cheat, or lie.* (誤)

【Unit 3-6 背景說明】

Words matter. 中的 matter 是完全不及物動詞，作「有關係；重要；要緊」解。Education *matters.* (教育很重要。) It doesn't *matter.* (沒關係。) It *matters* very much. (這非常重要。)

Don't gossip. 的意思是「不要說閒話；不要說八卦；不要說長道短；不要散佈小道消息；不要傳佈流言蜚語。」(= *Don't spread rumors.*)

7. Hungry?

Hungry?	餓嗎？
Thirsty?	渴嗎？
Feel like a *snack*?	想要吃一點東西嗎？
How about *Burger King*?	漢堡王如何？
How about a *café*?	咖啡廳如何？
I know a good *restaurant*.	我知道一家好餐廳。
Be *specific*.	要明確一點。
Tell me *in detail*.	詳細地告訴我。
Tell me *exactly* what you want.	確切告訴我你想要什麼。

** ——————————————

hungry¹〔'hʌŋgrɪ〕*adj.* 飢餓的　thirsty²〔'θɝstɪ〕*adj.* 渴的
feel like 想要　snack²〔snæk〕*n.* (正餐以外的) 點心；小吃
burger²〔'bɝgɚ〕*n.* 漢堡 (= *hamburger*)
café²〔kə'fe〕*n.* 咖啡廳　restaurant²〔'rɛstərənt〕*n.* 餐廳
specific³〔spɪ'sɪfɪk〕*adj.* 明確的；特定的
detail³〔'ditel〕*n.* 細節　***in detail*** 詳細地
exactly²〔ɪg'zæktlɪ〕*adv.* 確切地

8. Almost broke?

Almost *broke*?	快沒錢了嗎？
Almost *bankrupt*?	在破產邊緣嗎？
Deep in *debt*?	欠很多債嗎？
Unemployed?	失業了嗎？
Knock on some doors.	要去敲門找工作。
Don't sit on your *butt*.	不要無所事事。
Go find a job.	去找工作。
Seek an opportunity.	尋找機會。
Never *give up*.	絕不要放棄。

UNIT 3

** ————————————

broke[1] 〔 brok 〕 *adj.* 沒錢的

bankrupt[4] 〔'bæŋkrʌpt 〕 *adj.* 破產的

debt[2] 〔 dɛt 〕 *n.* 債務　***in debt*** 負債；欠債

unemployed[4] 〔,ʌnɪm'plɔɪd 〕 *adj.* 失業的

knock[2] 〔 nɑk 〕 *v.* 敲　　butt[3] 〔 bʌt 〕 *n.* 屁股

sit on *one's* ***butt*** 無所事事　　***go find*** 去找（ = *go to find* ）

seek[3] 〔 sik 〕 *v.* 尋找　　opportunity[3] 〔,ɑpɚ'tjunətɪ 〕 *n.* 機會

give up 放棄

【Unit 3-7 背景説明】

Hungry? 源自：*Are you* hungry? (你餓嗎？) *Thirsty?* 源自：*Are you* thirsty? (你渴嗎？) *Feel like a snack?* 源自：*Do you* feel like a snack? (你想要吃一點東西嗎？)

「How about + 名詞？」作「～如何？」解。*Be specific.* 中的 specific，一般作「專門的；特定的」解，在這裡作「明確的」(= *exact*) 解。

【Unit 3-8 背景説明】

Almost broke? 源自：*Are you* almost broke? (你快沒錢了嗎？) broke 在這裡是形容詞，作「沒錢的」解。*Almost bankrupt?* 源自：*Are you* almost bankrupt? (你幾乎要破產了嗎？) *Deep in debt?* 源自：*Are you* deep in debt? (你欠很多債嗎？)

Unemployed? 源自：*Are you* unemployed? (你失業了嗎？) *Knock on some doors.* 字面的意思是「要敲一些門。」引申爲「要去敲門找工作。」在以前，如果你要找工作，就會到城裡，到處敲各種行業的門，問他們是否需要幫手。(= *In the old days, if you were looking for a job, you would go around town, knocking on the doors of various businesses, asking if they needed help.*) *Knock on some*

doors. 也可說成：Ask around.（到處問。）Send out your resume.（寄出你的履歷表。）Contact potential employers.（聯絡可能雇用你的人。）

A: You lost your job?（你失業了？）

B: I'm going to ***knock on some doors*** and find another job.（我要去敲門找工作。）

Don't sit on your butt. 也可說成：Don't sit on your ass.（不要無所事事。）(= *Don't be lazy.*)

A: I need to find a job.

（我需要找一份工作。）

B: ***Don't sit on your butt***. Get out and start looking.（不要懶惰。出去開始找吧。）

A: ***Don't sit on your butt***. You're so lazy.

（不要無所事事。你太懶惰了。）

B: You're right. I'm getting fat.

（你說的對。我越來越胖了。）

Go find a job. 源自：Go *to* find a job.（去找個工作。）【詳見「文法寶典」p.419】

9. I went for an interview.

I went for an *interview*.	我去面試。
I filled out an *application*.	我填寫申請表。
I told them my *qualifications*.	我告訴他們我有什麼樣的條件。
I was *courteous*.	我很有禮貌。
I was *determined*.	我很有決心。
I wanted an *opportunity*.	我要一個機會。
He *hired* me.	他雇用了我。
I signed a *contract*.	我簽了一份合約。
The rest is history.	其餘的事大家都知道了。

**

go for 去做… interview[2] 〔ˋɪntɚ͵vju〕 *n.* 面試
fill out 填寫 application[4] 〔͵æpləˋkeʃən〕 *n.* 申請書
qualifications[6] 〔͵kwɑləfəˋkeʃənz〕 *n. pl.* 資格；條件
courteous[4] 〔ˋkɝtɪəs〕 *adj.* 有禮貌的
determined[3] 〔dɪˋtɝmɪnd〕 *adj.* 有決心的
opportunity[3] 〔͵ɑpɚˋtjunətɪ〕 *n.* 機會 hire[2] 〔haɪr〕 *v.* 雇用
sign[2] 〔saɪn〕 *v.* 簽名於；簽署 contract[3] 〔ˋkɑntrækt〕 *n.* 合約
rest[1] 〔rɛst〕 *n.* 其餘的事物 history[1] 〔ˋhɪstərɪ〕 *n.* 歷史
The rest is history. 其餘的事大家都知道了。

10. *Happy Valentine's Day!*

Happy *Valentine's Day*!	情人節快樂！
Happy *Lovers' Day*!	情人節快樂！
I'm your *number one* fan.	我是你的頭號粉絲。
Can I *hold* your hand?	我可以牽你的手嗎？
Can I give you a *hug*?	我可以擁抱你嗎？
Can I *adore* you?	我可不可以愛你？
Are you *dating* anyone?	你有在和誰約會嗎？
Time for *romance*.	是戀愛的時候了。
We *were made for each other*.	我們是天生的一對。

UNIT 3

✱✱ ─────────────────

Valentine's Day 情人節
Lovers' Day 情人節　　*number one* 第一的；頭號的
fan[3,1]〔fæn〕*n.* 迷；仰慕者
hold[1]〔hold〕*v.* 握住　　hug[3]〔hʌg〕*v. n.* 擁抱
adore[5]〔ə'dor〕*v.* 非常喜愛（= *love*）
date[1]〔det〕*v.* 和…約會
romance[4]〔ro'mæns〕*n.* 戀愛　　*each other* 彼此
be made for each other 天造地設；是天作之合

【Unit 3-9 背景説明】

這一回的九句話，是求職者面試後跟朋友説的話，背完以後，有助於你面試前的心理準備。

The rest is history. 字面的意思是「其餘的事是歷史。」也就是「其餘的事大家都知道了。」美國人也常説：The past is the past. (過去就過去了。) (= *What is past is past.*)

【Unit 3-10 背景説明】

Happy Lovers' Day! 要注意，Lovers' Day 的 Lovers' 是複數所有格，和 Valentine's Day (情人節) 或 New Year's Day (元旦) 不同。*Can I adore you?* 可説成：Can I love you? (我可不可以愛你？)

Time for romance. 源自 *It's* time for romance. (是戀愛的時候了。) (= *It's time for love.*)

We were made for each other. 字面的意思是「我們是爲了彼此而被創造出來的。」引申爲「我們是天生的一對。」也可説成：We are a perfect match. (我們是完美的一對。) We belong together. (我們兩個很合適。)

11. Where's the remote?

Where's the *remote*?	遙控器在哪？
It's *missing*.	不見了。
It *disappeared*.	消失了。
It's not *anywhere*.	到處都找不到。
Who *misplaced* it?	誰忘了放在什麼地方？
Who used it *last*?	最後是誰用遙控器的？
I want to *switch* stations.	我想要轉台。
I want to change *channels*.	我想要換頻道。
This *program* is boring.	這節目很無聊。

UNIT 3

** ———————————————

remote[3] 〔 rɪ'mot 〕 *adj.* 遙遠的　　*n.* 遙控器（ = *remote control* ）
missing[3] 〔'mɪsɪŋ 〕 *adj.* 找不到的；下落不明的
disappear[2] 〔ˌdɪsə'pɪr 〕 *v.* 消失
anywhere[2] 〔'ɛnɪˌhwɛr 〕 *adv.* 任何地方
misplace[4] 〔 mɪs'ples 〕 *v.* 誤放；把…放在一時想不起來的地方
last[1] 〔 læst 〕 *adv.* 最後；上次
switch[3] 〔 swɪtʃ 〕 *v.* 改變；轉變　　station[1] 〔'steʃən 〕 *n.* 電視台
channel[3] 〔'tʃænḷ 〕 *n.* 頻道　　program[3] 〔'progræm 〕 *n.* 節目
boring[3] 〔'borɪŋ 〕 *adj.* 無聊的

12. Don't say "Bye-bye."

Don't say "*Bye-bye*."	不要說「拜拜。」
It sounds *awful*.	聽起來很糟。
It sounds *silly*.	聽起來很蠢。
It's *lazy* English.	是懶人英語。
Some people think it's *ridiculous*.	有些人認爲很可笑。
It *drives* Americans crazy.	它會使美國人發瘋。
Be more *mature*.	要更成熟一點。
Speak like an *adult*.	說話要像大人。
Say "See you later" or "*Take care*."	要說「待會見。」或「保重。」

** ————————————

sound[1] 〔 saʊnd 〕 *v.* 聽起來
awful[3] 〔'ɔfʊl 〕 *adj.* 糟糕的
silly[1] 〔'sɪlɪ 〕 *adj.* 愚蠢的   lazy[1] 〔'lezɪ 〕 *adj.* 懶惰的
ridiculous[5] 〔 rɪ'dɪkjələs 〕 *adj.* 可笑的；荒謬的
drive[1] 〔 draɪv 〕 *v.* 迫使   *drive sb. crazy* 使某人發瘋
mature[3] 〔 mə'tʃʊr 〕 *adj.* 成熟的   adult[1] 〔 ə'dʌlt 〕 *n.* 成人
later[1] 〔'letɚ 〕 *adv.* 待會   *take care* 保重

Unit 3 總複習

背至 2 分鐘之內，變成直覺，終生不會忘記。

1. What's your *goal*?
   What's your *future* plan?
   What *career* are you interested in?

   I'm preparing for *college*.
   I'm studying for the *entrance
   exam*.
   I attend a top *cram school*.

   I'm aiming for an *elite* school.
   I plan to *graduate* with honors.
   I want *awards* and scholarships.

2. How's school?
   How's the *semester*?
   How's your *schedule*?

   Like your *courses*?
   What are you *taking*?
   What's your favorite *class*?

   Getting good *grades*?
   How are your teachers?
   Any really *stand out*?

3. Please *introduce* yourself.
   May I ask your *full name*?
   What *nationality* are you?

   Mind if I ask what you do?
   What's your *occupation*?
   Are you here *on business*?

   When did you *arrive*?
   Where are you *staying*?
   What are your *impressions*?

4. My parents are *traditional*.
   They are *conservative*.
   That's their *generation*.

   I'm more *open-minded*.
   I'm more *modern*.
   I'm more *tolerant* of new
   ideas.

   I don't *judge* them.
   They don't *ridicule* me.
   We have a *mutual* respect.

5. Be *truthful*.
   Be *moral*.
   Have a code of *ethics*.

   Do the *proper* thing.
   Never *stray*.
   You'll never *regret* it.

   Abide by the law.
   Never *lie*, cheat, or steal.
   Don't *tolerate* those who do.

6. Words *matter*.
   Your words *represent* you.
   Be *articulate*.

   Encourage people.
   Compliment others.
   Say *positive* things.

   Don't *criticize*.
   Don't *complain*.
   Don't *gossip*.

UNIT 3

7. *Hungry*?
   Thirsty?
   Feel like a *snack*?

   How about *Burger King*?
   How about a *café*?
   I know a good *restaurant*.

   Be *specific*.
   Tell me *in detail*.
   Tell me *exactly* what you
   want.

8. Almost *broke*?
   Almost *bankrupt*?
   Deep in *debt*?

   Unemployed?
   Knock on some doors.
   Don't sit on your *butt*.

   Go find a job.
   Seek an opportunity.
   Never *give up*.

9. I went for an *interview*.
   I filled out an *application*.
   I told them my *qualifications*.

   I was *courteous*.
   I was *determined*.
   I wanted an *opportunity*.

   He *hired* me.
   I signed a *contract*.
   The rest is history.

10. Happy *Valentine's Day*!
    Happy *Lovers' Day*!
    I'm your *number one* fan.

    Can I *hold* your hand?
    Can I give you a *hug*?
    Can I *adore* you?

    Are you *dating* anyone?
    Time for *romance*.
    We *were made for each other*.

11. Where's the *remote*?
    It's *missing*.
    It *disappeared*.

    It's not *anywhere*.
    Who *misplaced* it?
    Who used it *last*?

    I want to *switch* stations.
    I want to change *channels*.
    This *program* is boring.

12. Don't say "*Bye-bye*."
    It sounds *awful*.
    It sounds *silly*.

    It's *lazy* English.
    Some people think it's *ridiculous*.
    It *drives* Americans crazy.

    Be more *mature*.
    Speak like an *adult*.
    Say "See you later" or "*Take
    care*."

UNIT 3

1. Don't quit. 不要放棄。
2. English is fun. 英語很有趣。
3. Please explain that. 請解釋一下。
4. Vocabulary is valuable. 字彙是很有價值的。
5. The magazine is splendid. 這個雜誌很棒。
6. I have a subscription. 我有長期訂閱的讀物。
7. How to Write an Article 如何寫文章
8. The Best Writing Style 最好的寫作風格
9. Airport Departure English 機場出境英文
10. Take a tour. 去旅行。
11. Travel is thrilling. 旅行很刺激。
12. Group travel is safer. 團體旅遊比較安全。

【劇情介紹】⋯⋯⋯⋯

　　學英文絕對 "Don't quit." 告訴自己 "English is fun."
有問題就請教別人，說 "Please explain that." 老師反覆說
"Vocabulary is valuable." 要補充字彙，除了課堂英文，還
要有課外閱讀，去書店看到一本雜誌，"The magazine is
splendid." 決定要訂閱，"I have a subscription." 多背單字
和看雜誌，就開始知道 "How to Write an Article"，並更
進一步學習 "The Best Writing Style"。會讀、會寫英文後，
開始練習聽和說英文，學習 "Airport Departure English"，
準備 "Take a tour." 因為 "Travel is thrilling." 第一次出國，
"Group travel is safer."。

Unit 4 ➤ 要主動對別人說英文
Be an English conversation starter.

1. 主角跟朋友說：

Don't quit.

2. 主角告訴朋友：

English is fun.

3. 主角跟老師說：

Please explain that.

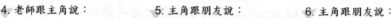

4. 老師跟主角說：

Vocabulary is valuable.

5. 主角跟朋友說：

The magazine is splendid.

6. 主角跟朋友說：

I have a subscription.

7. 老師跟同學們說：

Pick a topic.

8. 老師跟同學們說：

Be concise.

9. 主角問朋友：

Which terminal?

10. 主角跟朋友說：

Take a tour.

11. 主角跟朋友說：

Travel is thrilling.

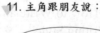

12. 主角跟朋友說：

Group travel is safer.

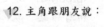

1. Don't quit.

Track 4 Unit 4

Don't *quit*.	不要放棄。
Be *persistent*.	要堅持。
Overcome!	要克服困難！
Follow through.	要貫徹到底。
Complete the task.	要完成任務。
Finish the *mission*.	要完成任務。
Have *faith*.	要有信心。
Hit the *target*.	命中目標。
You'll *win*.	你會贏。

UNIT 4

** ─────────────

quit[2] 〔 kwɪt 〕 v. 放棄

persistent[6] 〔 pə'sɪstənt 〕 adj. 堅持不懈的

overcome[4] 〔 ˏovɚ'kʌm 〕 v. 克服

follow through 貫徹到底

complete[2] 〔 kəm'plit 〕 v. 完成

task[2] 〔 tæsk 〕 n. 任務；工作   mission[3] 〔 'mɪʃən 〕 n. 任務

faith[3] 〔 feθ 〕 n. 信心   hit[1] 〔 hɪt 〕 v. 打中

target[2] 〔 'tɑrgɪt 〕 n. 目標   win[1] 〔 wɪn 〕 v. 贏

2. English is fun.

English is *fun*.	英語很有趣。
It's a *cool* language.	它是一個很酷的語言。
I'm trying to *improve*.	我試著要進步。
I memorize *vocabulary*.	我會背單字。
I practice *grammar*.	我會練習文法。
I speak every *chance* I get.	我把握可以說英文的機會。
I want to be *fluent*.	我想要變得流利。
I'll study *forever*.	我會一直學習。
I might be a *linguist*	將來有一天我可能會是個
someday.	語言學家。

UNIT 4

** ────────────

fun[1] 〔 fʌn 〕 *adj.* 有趣的　　cool[1] 〔 kul 〕 *adj.* 酷的
language[2] 〔'læŋgwɪdʒ 〕 *n.* 語言
improve[2] 〔 ɪm'pruv 〕 *v.* 改善；進步
memorize[3] 〔'mɛmə,raɪz 〕 *v.* 背誦；記憶
vocabulary[2] 〔 və'kæbjə,lɛrɪ 〕 *n.* 字彙
practice[1] 〔'præktɪs 〕 *v.* 練習　　grammar[4] 〔'græmə 〕 *n.* 文法
chance[1] 〔 tʃæns 〕 *n.* 機會　　fluent[4] 〔'fluənt 〕 *adj.* 流利的
forever[3] 〔 fə'ɛvə 〕 *adv.* 永遠　　linguist[6] 〔'lɪŋgwɪst 〕 *n.* 語言學家
someday[3] 〔'sʌm,de 〕 *adv.* 將來有一天

【**Unit 4-1 背景說明**】

　　Overcome! 源自 Overcome *your problem*!（克服你的困難！）

　　Follow through. 可加強語氣說成：Follow through and don't give up.（要貫徹到底，不要放棄。）或 ***Follow through*** and carry on.（要貫徹到底，繼續進行下去。）

【**Unit 4-2 背景說明**】

　　I speak *every chance I get*. 源自 I speak *at* every chance I get. 類似的有：I practice English every time I have a chance.（有機會我就會練習英文。）every time 是連接詞。【詳見「文法寶典」p.498】

　　English is fun. 也可說成：English is enjoyable.（學英文很快樂。）English is entertaining.（學英文很有趣。）English is amusing.（學英文令人愉快。）

　　I want to be fluent. 源自：I want to be fluent *in English*. 字面的意思是「我想要英文很流利。」即「我想把英文學好。」不能說成：*I want to study English well.*（誤）可說成：*I want to master English.*（我想要精通英文。）

UNIT 4

3. Please explain that.

Please *explain* that.	請解釋一下。
Please *define* that.	請下個定義。
Please *repeat* it.	請再說一次。
What's the *usage*?	要怎麼使用？
Give me an *example*.	舉個例子給我。
Use it in a *sentence*.	在句子裡使用它。
What are some *synonyms*?	有些什麼同義字？
Am I saying it *correctly*?	我說的正確嗎？
Am I *pronouncing* it right?	我的發音正確嗎？

UNIT 4

** ————————————————

explain² 〔 ɪk'splen 〕 *v.* 解釋；說明
define³ 〔 dɪ'faɪn 〕 *v.* 替…下定義　　repeat² 〔 rɪ'pit 〕 *v.* 重複
usage⁴ 〔'jusɪdʒ 〕 *n.* 用法　　example¹ 〔 ɪg'zæmpḷ 〕 *n.* 例子
sentence¹ 〔'sɛntəns 〕 *n.* 句子
synonym⁶ 〔'sɪnənɪm 〕 *n.* 同義字
correctly¹ 〔 kə'rɛktlɪ 〕 *adv.* 正確地
pronounce² 〔 prə'naʊns 〕 *v.* 發…的音
right¹ 〔 raɪt 〕 *adv.* 正確地

4. Vocabulary is valuable.

Vocabulary is valuable.	字彙是很有價值的。
Your words *represent* you.	你的言詞代表了你。
Your words *reflect upon* you.	你的話透露你是怎樣的人。
Articulate your ideas well.	要清楚地表達你的想法。
You'll *attract* attention.	你將會引起注意。
You'll *impress* people.	你會讓人佩服。
Master *word lists*.	背好你要背的單字。
Never stop *reciting*.	絕不要停止背誦。
You'll project *intelligence*.	你會顯得很有智慧。

UNIT 4

** ——————————————

vocabulary[2] (vəˈkæbjəˌlɛrɪ) *n.* 字彙
valuable[3] (ˈvæljuəbl̩) *adj.* 有價值的;珍貴的
represent[3] (ˌrɛprɪˈzɛnt) *v.* 代表
reflect[4] (rɪˈflɛkt) *v.* 反射   *reflect upon* 透露;對…有影響
articulate[6] (ɑrˈtɪkjəˌlet) *v.* 清楚地表達
attract[3] (əˈtrækt) *v.* 吸引
attention[2] (əˈtɛnʃən) *n.* 注意;注意力
impress[3] (ɪmˈprɛs) *v.* 使印象深刻;使感動;使佩服
master[1] (ˈmæster) *v.* 精通   *word list* 詞彙表
recite[4] (rɪˈsaɪt) *v.* 背誦;朗誦
project[2] (prəˈdʒɛkt) *v.* 投射;呈現
intelligence[4] (ɪnˈtɛlədʒəns) *n.* 智慧;聰明才智

【Unit 4-3 背景説明】

　　這九句話都是在課堂上問老師的話。聽不懂老師講的話時，可説：*Please explain that.* 哪個字不懂，就可以説：*Please define that.* 句中的 define，意思是「給（某字）下定義」（= *give the definition of the word like a dictionary*）。

【Unit 4-4 背景説明】

　　Your words reflect upon you. 字面的意思是「你的話反射到你的身上。」意思是「你的話透露你是怎樣的人。」（= *Your words reveal you.*）説話可透露一個人的程度，你用的字深或淺，有禮或無禮，都代表你。reflect upon 也可作「對…有影響」解，這句話也可表示「你說的話會影響到你。」

　　Articulate your ideas well. 中的 articulate，當形容詞時，作「口才好的；口齒清晰的」解，如：You're very *articulate.*（你很會說話。）當動詞時，是「清楚地表達」（= *express yourself/something clearly* = *speak clearly*）。

　　Master word lists. 字面的意思是「要精通詞彙表。」也就是「背好你要背的單字。」（= *Memorize vocabulary.*）美國人習慣把不會的單字列表，稱作 word list（詞彙表）；把要買的東西列表，稱作 shopping list（購物清單）。*You'll project intelligence.* 字面的意思是「你將投射智慧。」引申為「你會顯得很有智慧。」（= *You'll show intelligence.*）

5. The magazine is splendid.

The magazine is *splendid*.	這個雜誌很棒。
It's *world-class*.	它有世界級水準。
It's worth its weight in gold.	它是非常有價值的。
It *strengthens* my mind.	它加強我的想法。
It *reinforces* my views.	它強化我的看法。
It gives me *insight*.	它給我洞察力。
I ignore *propaganda*.	我會忽視宣傳鼓動。
I despise *fake* news.	我鄙視假新聞。
Now I focus on *reliable* sources.	現在我專注於可靠的來源。

**

splendid[4] ('splɛndɪd) adj. 壯麗的；極好的
world-class ('wɝld‚klæs) adj. 世界級的【也可寫成：world class】
worth[2] (wɝθ) prep. 有…的價值   weight[1] (wet) n. 重量
be worth its weight in gold 非常有價值的
strengthen[4] ('strɛŋθən) v. 加強
reinforce[6] (‚riɪn'fors) v. 強化   view[1] (vju) n. 看法
insight[6] ('ɪn‚saɪt) n. 洞察力   ignore[2] (ɪg'nor) v. 忽視
propaganda[6] (‚prɑpə'gændə) n. 宣傳活動
despise[5] (dɪ'spaɪz) v. 鄙視；看不起   fake[3] (fek) adj. 假的
news[1] (njuz) n. 新聞；消息   *focus on* 專注於
reliable[3] (rɪ'laɪəbḷ) adj. 可靠的   source[2] (sors) n. 來源

UNIT 4

6. I have a subscription.

I have a *subscription*.	我有長期訂閱的讀物。
I *subscribe to* a magazine.	我訂閱了一本雜誌。
It covers *current* events.	它涵蓋了時事。
It's *seductive*.	它很吸引人。
It's *informative*.	它是知識性的。
It's *stimulating*.	它能激勵人心。
Some articles are *subjective*.	有些文章是主觀的。
Some stories are *objective*.	有些報導是客觀的。
It's full of *commentary*.	它充滿了評論。

**

subscription[6] 〔 səb'skrɪpʃən 〕 *n.* 訂閱
subscribe[6] 〔 səb'skraɪb 〕 *v.* 訂閱 *< to >*
cover[1] 〔 'kʌvə 〕 *v.* 包含;涵蓋　　current[3] 〔 'kɝənt 〕 *adj.* 目前的
event[2] 〔 ɪ'vɛnt 〕 *n.* 事件　　*current events* 時事
seductive[6] 〔 sɪ'dʌktɪv 〕 *adj.* 誘人的;吸引人的
informative[4] 〔 ɪn'fɔrmətɪv 〕 *adj.* 知識性的
stimulating[6] 〔 'stɪmjə,letɪŋ 〕 *adj.* 激勵人心的;鼓勵性的
article[2,4] 〔 'artɪkl̩ 〕 *n.* 文章
subjective[6] 〔 səb'dʒɛktɪv 〕 *adj.* 主觀的
story[1] 〔 'storɪ 〕 *n.* (新聞) 報導
objective[4] 〔 əb'dʒɛktɪv 〕 *adj.* 客觀的
be full of 充滿了　　commentary[6] 〔 'kamən,tɛrɪ 〕 *n.* 評論

7. How to Write an Article

Pick a *topic*.	挑一個題目。
Select a *title*.	選一個標題。
Do the *research*.	要做研究。
Make an *outline*.	寫一個大綱。
Collect *information*.	收集資訊。
Organize *data*.	整理資料。
Write a *draft*.	要寫草稿。
Check for *errors*.	檢查錯誤。
Correct and rewrite it.	訂正並重寫。

UNIT 4

** ——————————

article[2,4] ﹝ˋɑrtɪkḷ﹞ *n.* 文章　　pick[2] ﹝pɪk﹞ *v.* 挑選

topic[2] ﹝ˋtɑpɪk﹞ *n.* 題目　　select[2] ﹝səˋlɛkt﹞ *v.* 選擇

title[2] ﹝ˋtaɪtḷ﹞ *n.* 標題　　research[4] ﹝ˋrisɝtʃ﹞ *n.* 研究

outline[3] ﹝ˋaʊtˏlaɪn﹞ *n.* 大綱　　collect[2] ﹝kəˋlɛkt﹞ *v.* 收集

information[4] ﹝ˏɪnfɚˋmeʃən﹞ *n.* 資訊

organize[2] ﹝ˋɔrgənˏaɪz﹞ *v.* 組織；整理

data[2] ﹝ˋdetə﹞ *n. pl.* 資料　　draft[4] ﹝dræft﹞ *n.* 草稿

check[1] ﹝tʃɛk﹞ *v.* 檢查　　error[2] ﹝ˋɛrɚ﹞ *n.* 錯誤

correct[1] ﹝kəˋrɛkt﹞ *v.* 改正；訂正　　rewrite ﹝riˋraɪt﹞ *v.* 重寫

8. *The Best Writing Style*

Be *concise*.	要簡明。
Be *brief*.	要簡短。
Be *specific*.	要明確。
Write in *detail*.	要詳細地寫。
Don't be *wordy*.	不要太冗長。
Clarity is key.	清晰是關鍵。
Don't be *vague*.	不要太含糊。
Don't be *fancy*.	不要太花俏。
Quality is more important than *quantity*.	質比量更重要。

**

style[3] 〔staɪl〕 *n.* 風格；方式
concise[6] 〔kən'saɪs〕 *adj.* 簡明的   brief[2] 〔brif〕 *adj.* 簡短的
specific[3] 〔spɪ'sɪfɪk〕 *adj.* 明確的；特定的
detail[3] 〔'ditel〕 *n.* 細節   ***in detail*** 詳細地
wordy[1] 〔'wɝdɪ〕 *adj.* 冗長的
clarity[6] 〔'klærətɪ〕 *n.* 清晰   key[1] 〔ki〕 *n.* 關鍵；祕訣
vague[5] 〔veg〕 *adj.* 模糊的；不明確的
fancy[3] 〔'fænsɪ〕 *adj.* 花俏的   quality[2] 〔'kwɑlətɪ〕 *n.* 品質
quantity[2] 〔'kwɑntətɪ〕 *n.* 量

9. *Airport Departure English*

Which *terminal*?	哪一個航廈？
What *airline*?	哪家航空公司？
What's your *departure* time?	你的離境時間是何時？
Proceed to the check-in counter.	前往機場報到櫃台。
Confirm your *reservation*.	確認你的預訂。
Tell them your seat *preference*.	告訴他們你偏好的座位。
Process your ticket.	處理票務。
Weigh your bags.	行李秤重。
Present your passport and *visa*.	出示你的護照和簽證。

** ————————————————

airport[1]〔'ɛr,port〕n. 機場   departure[4]〔dɪ'partʃɚ〕n. 出發
terminal[5]〔'tɝmənḷ〕n. 航空站；航廈
airline[2]〔'ɛr,laɪn〕n. 航空公司   proceed[4]〔prə'sid〕v. 前進
check-in[5]〔'tʃɛk,ɪn〕n. 簽到；（機場）辦理登記手續
counter[4]〔'kaʊntɚ〕n. 櫃台   confirm[2]〔kən'fɝm〕v. 確認
reservation[4]〔,rɛzɚ'veʃən〕n. 預訂
seat[1]〔sit〕n. 座位   preference[5]〔'prɛfərəns〕n. 偏好
process[3]〔'prasɛs〕v. 處理   ticket[1]〔'tɪkɪt〕n. 票
weigh[1]〔we〕v. 秤⋯的重量   bag[1]〔bæg〕n. 袋子；行李
present[2]〔prɪ'zɛnt〕v. 出示（證件）
passport[3]〔'pæs,port〕n. 護照   visa[5]〔'vizə〕n. 簽證

UNIT 4

10. *Take a tour*.

Take a *tour*.	去旅行。
Travel *around*.	要到處旅行。
Go *sightseeing*.	去觀光。
Go to *museums*.	去博物館。
See *monuments*.	看看紀念碑。
See *memorials*.	看看紀念館。
Visit *landmarks*.	去遊覽地標。
Take in hot *spots*.	去看熱門的景點。
Tour *malls* and shopping areas.	去遊覽購物中心和購物區。

UNIT 4

** ——————————————

tour² 〔 tʊr 〕 *n.* 旅行；遊覽　　*v.* 參觀；遊覽
take a tour 去旅行　　around¹ 〔 ə'raʊnd 〕 *adv.* 到處
sightsee⁴ 〔'saɪtˌsi 〕 *v.* 觀光　　***go sightseeing*** 去觀光
museum² 〔 mju'ziəm 〕 *n.* 博物館
monument⁴ 〔'mɑnjəmənt 〕 *n.* 紀念碑
memorial⁴ 〔 mə'mɔrɪəl 〕 *n.* 紀念館
visit¹ 〔'vɪzɪt 〕 *v.* 參觀；遊覽
landmark⁴ 〔'lændˌmark 〕 *n.* 地標　　***take in*** 參觀；遊覽
hot¹ 〔 hɑt 〕 *adj.* 熱門的　　spot² 〔 spat 〕 *n.* 地點
mall³ 〔 mɔl 〕 *n.* 購物中心　　area¹ 〔'ɛrɪə 〕 *n.* 地區

11. *Travel is thrilling*.

Travel is *thrilling*.	旅行很刺激。
It's *fascinating*.	令人著迷。
It's *educational*.	富有教育性。
Travel the world.	要環遊世界。
Tour the *continents*.	要遊覽五大洲。
Explore and adventure.	要去探索和冒險。
Stroll around.	要四處走走。
Snap lots of pictures.	拍很多照片。
Try local *treats*.	品嚐當地的美食。

**

travel² ('trævḷ) *n.* 旅行　*v.* 去…旅行
thrilling⁵ ('θrɪlɪŋ) *adj.* 令人興奮的；刺激的
fascinating⁵ ('fæsn̩,etɪŋ) *adj.* 迷人的
educational³ (,ɛdʒʊ'keʃənḷ) *adj.* 教育性的
continent³ ('kɑntənənt) *n.* 洲；大陸
explore⁴ (ɪk'splor) *v.* 探險；探索
adventure³ (əd'vɛntʃɚ) *v. n.* 冒險　stroll⁵ (strol) *n. v.* 散步
snap³ (snæp) *v.* 咔嚓一聲拍（照片）
local² ('lokḷ) *adj.* 當地的
treat² (trit) *n.* 款待；樂事；樂趣

UNIT 4

12. *Group travel is safer.*

Group travel is *safer*.	團體旅遊比較安全。
It's *time-efficient*.	節省時間。
You can *accomplish* more.	你可以完成更多的事。
There is no *pressure*.	沒有壓力。
It is *pure* relaxation.	純粹放鬆。
Everything is *arranged*.	一切都安排好了。
Meet *diverse* people.	要認識各式各樣的人。
Establish friendships.	建立友誼。
It's fun, *dynamic*, and	這很有趣、充滿活力，
unpredictable.	而且難以預料。

** ——————————————

group[1] 〔 grup 〕 *adj.* 團體的
efficient[3] 〔 ə'fɪʃənt 〕 *adj.* 有效率的   time-efficient *adj.* 省時的
accomplish[4] 〔 ə'kɑmplɪʃ 〕 *v.* 完成   pressure[3] 〔 'prɛʃɚ 〕 *n.* 壓力
pure[3] 〔 pjʊr 〕 *adj.* 純粹的   relaxation[4] 〔 ͵rilæks'eʃən 〕 *n.* 放鬆
arrange[2] 〔 ə'rendʒ 〕 *v.* 安排   meet[1] 〔 mit 〕 *v.* 認識
diverse[6] 〔 daɪ'vɝs 〕 *adj.* 各種的 (= *various*[3] = *different*[1])
establish[4] 〔 ə'stæblɪʃ 〕 *v.* 建立   fun[1] 〔 fʌn 〕 *adj.* 有趣的
dynamic[4] 〔 daɪ'næmɪk 〕 *adj.* 充滿活力的 (= *energetic*[3])
unpredictable[4] 〔 ͵ʌnprɪ'dɪktəbl̩ 〕 *adj.* 不可預料的

【**Unit 4-5 背景説明**】

　　It's world-class. 也可説成：It's high-class. (它是高水準的。) *It reinforces my views.* 也可説成：It supports my views. (它支持我的觀點。) views 可用 viewpoints 或 opinions 代替。

　　It's worth its weight in gold. 字面的意思是「它值相同重量的黃金。」引申爲「它是非常有價值的。」(= *It's very valuable.*)

【**Unit 4-9 背景説明**】

　　Process your ticket. 中的 process，當名詞，是「過程」，當動詞，是「處理」(= *handle ; manage*)。The visa will be *processed* within two days. (簽證兩天內會處理。)

【**Unit 4-11 背景説明**】

　　Travel is thrilling. 中，thrill 是情感動詞，背下三句話，學會 thrill 的用法。

　　Travel *thrills* me. (旅行使我興奮。)
　　I'm *thrilled* about travel. (我喜歡旅行。)
　　Travel is *thrilling.* (旅行很刺激。)

　　It's fascinating. 中，fascinate 是情感動詞，「人」做主詞用被動，「非人」做主詞用現在分詞。

　　Travel *fascinates* me. (旅行使我著迷。)
　　I'm *fascinated* with travel. (我迷上旅行。)
　　　　　　　　　　　　　　　【with 可用 by 代替】
　　Travel is *fascinating.* (旅行令人著迷。)

UNIT 4

Travel the world. 也可說成：Travel around the world. (要環遊世界。) *Tour the continents*. 也可說成：Tour *around* the continents. (要環遊五大洲。)

Try local treats. 中，treat 的主要意思是「招待」，這句話字面的意思是「嘗試當地的招待。」引申為「品嚐當地的美食。」凡是讓你高興的東西，都叫 treats，如食物、禮物等。

【 Unit 4-12 背景說明 】

It's time-efficient. 中的 time-efficient，字面的意思是「時間有效率的」，引申為「省時間的」。也可說成：It saves time. (省時間。) 或 It uses time wisely. (能聰明地使用時間。) 類似的有：energy-efficient (節省能源的)、cost-efficient (節省費用的)。

Meet diverse people. 可說成：Meet various people. (要認識各式各樣的人。) Meet different people. (要認識不同的人。) Meet all kinds of people. (要認識各式各樣的人。) *It's fun, dynamic and unpredictable*. 中的 dynamic 很常用，如：She is *dynamic*. (她很有活力。) dynamic 可用 energetic (精力充沛的)、spirited (有精神的) 取代。

Unit 4 總複習

背至 2 分鐘之內，變成直覺，終生不會忘記。

1. Don't *quit*.
Be *persistent*.
Overcome!

Follow through.
Complete the task.
Finish the *mission*.

Have *faith*.
Hit the *target*.
You'll *win*.

2. English is *fun*.
It's a *cool* language.
I'm trying to *improve*.

I memorize *vocabulary*.
I practice *grammar*.
I speak every *chance* I get.

I want to be *fluent*.
I'll study *forever*.
I might be a *linguist* someday.

3. Please *explain* that.
Please *define* that.
Please *repeat* it.

What's the *usage*?
Give me an *example*.
Use it in a *sentence*.

What are some *synonyms*?
Am I saying it *correctly*?
Am I *pronouncing* it right?

4. *Vocabulary* is valuable.
Your words *represent* you.
Your words *reflect upon* you.

Articulate your ideas well.
You'll *attract* attention.
You'll *impress* people.

Master *word lists*.
Never stop *reciting*.
You'll project *intelligence*.

5. The magazine is *splendid*.
It's *world-class*.
It's worth its weight in gold.

It *strengthens* my mind.
It *reinforces* my views.
It gives me *insight*.

I ignore *propaganda*.
I despise *fake* news.
Now I focus on *reliable* sources.

6. I have a *subscription*.
I *subscribe to* a magazine.
It covers *current* events.

It's *seductive*.
It's *informative*.
It's *stimulating*.

Some articles are *subjective*.
Some stories are *objective*.
It's full of *commentary*.

7. Pick a *topic*.
Select a *title*.
Do the *research*.

Make an *outline*.
Collect *information*.
Organize *data*.

Write a *draft*.
Check for *errors*.
Correct and rewrite it.

8. Be *concise*.
Be *brief*.
Be *specific*.

Write in *detail*.
Don't be *wordy*.
Clarity is key.

Don't be *vague*.
Don't be *fancy*.
Quality is more important than
  quantity.

9. Which *terminal*?
What *airline*?
What's your *departure* time?

Proceed to the check-in counter.
Confirm your *reservation*.
Tell them your seat *preference*.

Process your ticket.
Weigh your bags.
Present your passport and *visa*.

10. Take a *tour*.
Travel *around*.
Go *sightseeing*.

Go to *museums*.
See *monuments*.
See *memorials*.

Visit *landmarks*.
Take in hot *spots*.
Tour *malls* and shopping
  areas.

11. Travel is *thrilling*.
It's *fascinating*.
It's *educational*.

Travel the world.
Tour the *continents*.
Explore and adventure.

Stroll around.
Snap lots of pictures.
Try local *treats*.

12. Group travel is *safer*.
It's *time-efficient*.
You can *accomplish* more.

There is no *pressure*.
It is *pure* relaxation.
Everything is *arranged*.

Meet *diverse* people.
Establish friendships.
It's fun, *dynamic*, and
  unpredictable.

UNIT 4

Unit 5

1. My life is repetitive. 我的生活就是一直重複。

2. Go overseas. 去海外。

3. Relax! 放輕鬆！

4. Remember safety first. 記得安全第一。

5. Ride the subway. 要搭地鐵。

6. Use this method. 用這個方法。

7. Break the ice. 打破僵局。

8. Participate. 要參與。

9. Don't be shy. 別害羞。

10. Don't be nervous. 別緊張。

11. Love your country. 愛你的國家。

12. The Night Market 夜市

【劇情介紹】⋯⋯⋯⋯

　　發現自己 "My life is repetitive." 要有所改變，決定 "Go overseas."，在國外，要好好 "Relax!"，同時也要 "Remember safety first."。認識當地文化，要 "Ride the subway." "Use this method." 才能貼近在地人的生活。認識新朋友，學會 "Break the ice." "Participate." 他們的活動，告訴自己 "Don't be shy." "Don't be nervous." 平安歸國後，發現自己的國家還是最好，"Love your country."，立刻去 "The Night Market" 吃台灣小吃。

Unit 5 ➤ Conversations

1. My life is repetitive.

Track 5 Unit 5

I feel like a *robot*.	我覺得自己像個機器人。
I'm on *automatic*.	我已經自動化了。
My life is *repetitive*.	我的生活就是一直重複。
I *rise* before dawn.	我在黎明之前起床。
I *report* straight *to* school.	我直接向學校報到。
After that, it's *cram school*.	在那之後，就是補習班。
Only *weekends* are different.	只有週末不同。
Saturday night I *stay up late*.	星期六我習慣熬夜。
On Sunday I am *flexible*.	我可以靈活使用星期天。

**

robot[1]〔'robət〕*n.* 機器人
automatic[3]〔,ɔtə'mætɪk〕*adj.* 習慣性的；自動的
repetitive[4]〔rɪ'pɛtətɪv〕*adj.* 重複的
rise[1]〔raɪz〕*v.* 起床   dawn[2]〔dɔn〕*n.* 黎明
report[1]〔rɪ'port〕*v.* 報到
straight[2]〔stret〕*adv.* 直接地   *cram school* 補習班
weekend[1]〔'wik'ɛnd〕*n.* 週末   *stay up* 熬夜
flexible[4]〔'flɛksəbḷ〕*adj.* 有彈性的；可變通的；靈活的

UNIT 5

【 Unit 5-1 背景説明 】

I'm on automatic. 中的 automatic，一般都當形容詞，作「自動的」解，在這裡是名詞，作「自動控制」解。The car is an *automatic*. (這部車是自動排檔。) The CD player is set *on automatic*. (CD 播放器被設定爲自動控制。) 這種用法字典上大多查不到，要把它當作慣用語來看。*I'm on automatic*. 字面的意思是「我被設定爲自動控制了。」引申爲「我已經自動化了。」

I rise before dawn. 可説成：I get up before dawn. (我天亮前起床。) (= *I wake up before dawn*.) 也可説成：I rise before sunrise. (我天亮前起床。)
I report straight to school. 可説成：I go straight to school. (我直接去學校。) (= *I go directly to school*.)

After that, *it's cram school*. 中，cram school「補習班；培訓學校」，這是亞洲人發明的，已經被在亞洲的外國人接受，因爲在報紙上、電視上常看到。如果在美國，你説 cram school，美國人大多不知道，要説 learning center (學習中心)。

Saturday night I stay up late. 可説成：*On Saturday night I stay up late*. (星期六晚上我習慣熬夜。)

2. Go overseas.

Go *overseas*.	去海外。
Study *abroad*.	出國留學。
Be *international*.	要國際化。
Be *independent*.	要獨立自主。
Roam, wander, and discover.	去流浪、漫遊，和發現。
Acquire *vision* and knowledge.	要有遠見和知識。
Travel *solo*.	獨自旅行。
You'll *mature*.	你將會變成熟。
You'll gain *perspective*.	你將會有正確的眼光。

** —————————————

overseas²〔'ovɚ'siz〕*adv.* 在國外；到國外
abroad²〔ə'brɔd〕*adv.* 在國外；到國外
international²〔͵ɪntɚ'næʃənḷ〕*adj.* 國際性的
independent²〔͵ɪndɪ'pɛndənt〕*adj.* 獨立的
roam⁵〔rom〕*v.* 漫步；流浪   wander³〔'wɑndɚ〕*v.* 漫遊
discover¹〔dɪs'kʌvɚ〕*v.* 發現   acquire⁴〔ə'kwaɪr〕*v.* 獲得
vision³〔'vɪʒən〕*n.* 願景；遠見
knowledge²〔'nɑlɪdʒ〕*n.* 知識   solo⁵〔'solo〕*adv.* 單獨地
mature³〔mə'tʃur〕*v.* 變成熟   gain²〔gen〕*v.* 獲得
perspective⁶〔pɚ'spɛktɪv〕*n.* 正確的眼光；洞察力

UNIT 5

【 Unit 5-2 背景説明 】

Travel solo. 中的 solo 是副詞，作「單獨地」解。
He went *solo* to the party. (他單獨去參加聚會。) He
arrived *solo*. (他單獨來了。) *Travel solo.* 也可説成：
Travel alone. (單獨旅行。) *You'll mature.* 中的 mature
是動詞，作「變成熟」(= *grow*) 解。*mature* 常當形容詞
用，作「成熟的」解，如：She's a *mature* girl. (她是個
成熟的女孩。)

You'll gain perspective. 中的 perspective，是名詞，
作「正確的眼光；洞察力；理性的判斷；看法；觀點」解。也
可説成：You'll gain insight. (你將會有洞察力。) You'll
see things in a different way. (你會對事物有不同的看法。)

per	+ spect +	ive
through +	see +	n. adj.

看得很透徹，即有「正確的
眼光」，能「透視的」。

perspective 這個字很重要，要常説。From my
perspective, they are nice. (依我的看法，他們很好。)
(= *From my point of view, they are nice.*) Their
perspective is too narrow to accept foreign cultures.
(他們的觀點太狹窄，無法接受外國的文化。) He tried
to keep things in *perspective* and not to be angry.
(他想要理性判斷事情，不要生氣。)

3. Relax!

Relax!	放輕鬆！
Calm down!	冷靜下來！
Chill out!	要冷靜！
Take it easy.	放輕鬆。
Take a deep *breath.*	深呼吸。
Breathe slowly.	慢慢呼吸。
Don't be *worried.*	別擔心。
Don't be *afraid.*	別害怕。
You have nothing to *fear.*	沒什麼好怕的。

** ───────────

relax³〔rɪ'læks〕v. 放鬆   calm²〔kɑm〕v. 平靜；鎮靜
calm down 冷靜下來   chill³〔tʃɪl〕v. 使變冷
chill out 放輕鬆；冷靜   *take it easy* 放輕鬆
deep¹〔dip〕adj. 深（度）的
breath³〔brɛθ〕n. 呼吸   *take a deep breath* 做個深呼吸
breathe³〔brið〕v. 呼吸
slowly¹〔'slolɪ〕adv. 慢慢地
worried¹〔'wɝɪd〕adj. 擔心的
afraid¹〔ə'fred〕adj. 害怕的   fear¹〔fɪr〕v. 害怕

UNIT 5

4. Remember: safety first.

Beware of strangers.	小心陌生人。
Know your *surroundings*.	要熟悉你的環境。
Remember: *safety* first.	記得：安全第一。
Fireproof your home.	住家做好防火。
Fortify your house.	強化你的房子。
Have locks, cameras, and *alarms*.	要有鎖、攝影機，和警報器。
Minimize danger.	把危險減到最低。
Be *preventive*.	要做預防措施。
Make your home a *sanctuary*.	使你的家成為庇護所。

**

beware of 小心；提防　　　stranger[2] (ˋstrendʒɚ) *n.* 陌生人
know[1] (no) *v.* 知道；了解；熟悉
surroundings[4] (səˋraʊndɪŋz) *n. pl.* 環境
safety[2] (ˋseftɪ) *n.* 安全　　fireproof[6] (ˋfaɪrˌpruf) *v.* 使防火
fortify[6] (ˋfɔrtəˌfaɪ) *v.* 強化；鞏固　　lock[2] (lɑk) *n.* 鎖
camera[1] (ˋkæmərə) *n.* 攝影機　　alarm[2] (əˋlɑrm) *n.* 警報器
minimize[6] (ˋmɪnəˌmaɪz) *v.* 使減到最小
danger[1] (ˋdendʒɚ) *n.* 危險
preventive[6] (prɪˋvɛntɪv) *adj.* 預防的
sanctuary[6] (ˋsæŋktʃuˌɛrɪ) *n.* 庇護所

5. *Ride the subway*.

Ride the *subway*.	要搭地鐵。
See *skyscrapers*.	去看摩天大樓。
Admire *architecture*.	欣賞建築物。
See *modern* buildings.	看看現代的建築。
See *historic* sights.	看看歷史景點。
Visit *outlet* shops.	去暢貨中心的商店。
Stay in a *luxurious* hotel.	住豪華的飯店。
Eat *delicious* foods.	吃美味的食物。
Experience all the city has to *offer*.	體驗這城市所有的一切。

** ——————————————————————

ride¹ 〔 raɪd 〕 *v.* 搭乘   subway² 〔ˈsʌbˌwe 〕 *n.* 地下鐵
skyscraper³ 〔ˈskaɪˌskrepɚ 〕 *n.* 摩天大樓
admire³ 〔 ədˈmaɪr 〕 *v.* 欣賞
architecture⁵ 〔ˈɑrkəˌtɛktʃɚ 〕 *n.* 建築物
modern² 〔ˈmɑdən 〕 *adj.* 現代的   building¹ 〔ˈbɪldɪŋ 〕 *n.* 建築物
historic³ 〔 hɪsˈtɔrɪk 〕 *adj.* 歷史上重要的   sight¹ 〔 saɪt 〕 *n.* 風景
visit¹ 〔ˈvɪzɪt 〕 *v.* 去   outlet⁶ 〔ˈaʊtˌlɛt 〕 *n.* 暢貨中心
stay¹ 〔 ste 〕 *v.* 暫住；投宿   luxurious⁴ 〔 lʌgˈʒʊrɪəs 〕 *adj.* 豪華的
experience² 〔 ɪkˈspɪrɪəns 〕 *v.* 體驗   offer² 〔ˈɔfɚ 〕 *v.* 提供

UNIT 5

6. Use this method.

Use this *method*.	用這個方法。
It's a *breakthrough* way.	這是個突破性的方式。
It's been well *researched*.	這已經過仔細的研究。
Repetition is the key.	重複是關鍵。
Rehearse and practice.	要複誦並練習。
Drill it over and over.	要反覆地練習。
You'll *remember* it.	你會記住的。
You'll *retain* it.	你不會忘記的。
You'll *acquire* it for life.	你會一生都牢記在心。

** ────────────

method² 〔ˈmɛθəd 〕 *n.* 方法
breakthrough⁶ 〔ˈbrekˌθru 〕 *n.* 突破
well¹ 〔 wɛl 〕 *adv.* 完全地;充分地　　research⁴ 〔 rɪˈsɝtʃ 〕 *v.* 研究
repetition⁴ 〔ˌrɛpəˈtɪʃən 〕 *n.* 重覆;背誦　　key¹ 〔 ki 〕 *n.* 關鍵
rehearse⁴ 〔 rɪˈhɝs 〕 *v.* 排練;複述;默誦
practice¹ 〔ˈpræktɪs 〕 *v.* 練習　　drill⁴ 〔 drɪl 〕 *v.* 反覆訓練
over and over 反覆地　　remember¹ 〔 rɪˈmɛmbɚ 〕 *v.* 記住
retain⁴ 〔 rɪˈten 〕 *v.* 保留;不忘記
acquire⁴ 〔 əˈkwaɪr 〕 *v.* 獲得;學得
for life 終生 (= *forever*)

7. *Break the ice*.

Risk it.	要勇於冒險。
Communicate.	要溝通。
Take a chance.	要冒險。
Open up.	吐露心事。
Share yourself.	分享自己的生活情況。
Break the ice.	打破僵局。
Interact.	要互動。
Engage.	要參與。
It's a *tremendous* feeling.	這是很棒的感覺。

** ————————————

risk³ 〔 rɪsk 〕 v. 冒險；敢於 (做)
communicate³ 〔 kə'mjunə͵ket 〕 v. 溝通
chance¹ 〔 tʃæns 〕 n. 機會   *take a chance* 冒險
open up 吐露眞心；開誠佈公   share² 〔 ʃɛr 〕 v. 分享
ice¹ 〔 aɪs 〕 n. 冰   *break the ice* 打破僵局
interact⁴ 〔 ͵ɪntɚ'ækt 〕 v. 互動；相互交流
engage³ 〔 ɪn'gedʒ 〕 v. 參與
tremendous⁴ 〔 trɪ'mɛndəs 〕 adj. 巨大的；很棒的
feeling¹ 〔 'filɪŋ 〕 n. 感覺

UNIT 5

【Unit 5-3 背景説明】

看到朋友緊張、生氣的時候，就可以說：*Relax!* 或 Be relaxed! (放輕鬆！) *Chill out.* 中的 chill 是「(使) 變冷」，也可以說：Chill. (冷靜；放鬆一下。)

Take it easy. 有很多意思：①放輕鬆一點。②別煩惱。③保重。【再見用語】(= *Take care.*)

Don't be worried. 是 Don't worry. (別擔心。) 的加強語氣。也可說成：Worrying doesn't help. (擔心沒有用。) 或 Everything will be OK. (一切都會沒問題。)

【Unit 5-5 背景説明】

Ride the subway. 可說成：Take the subway. (搭乘地鐵。) *Admire architecture.* 中，admire 的主要意思是「欽佩」，在此作「欣賞」解。

Experience all the city has to offer. 源自：Experience all *that* the city has to offer. 字面的意思是「體驗城市所有能提供的一切。」也可簡單說成：

Experience all *the city has.* 或 Experience all *the city offers.* 關係代名詞 that 在子句中做受詞省略。

【Unit 5-7 背景説明】

朋友是一種資產，交朋友能增加人脈。如何才能打破僵局 (How to Break the Ice)，把陌生人變成朋友？首先要

Risk it.（要勇於冒險。）（ = *Take a risk.* = *Go for it.* ）
Communicate.（要溝通。）也可説成：Communicate with
people.（要和人家溝通。）*Take a chance.* 中，chance 的意思
是「機會」，這句話字面的意思是「試一試機會。」引申爲「要冒
險。」美國人常説：Don't be afraid to *take a chance.*（不要害
怕冒險。）

　　一般人交朋友，往往皮笑肉不笑，不誠心誠意。唯有交心，
才能交到知己（ *soul mate* ）。*Open up.* 字面的意思是「打開。」
在這裡的意思是「吐露心事。」*Share yourself.* 字面的意思是「分
享自己。」引申爲「分享自己的生活情況。」（ = *Share your life.* ）
把自己生活的酸甜苦辣告訴別人，別人也會因此而告訴你，就變
好朋友了。*Break the ice.*（打破僵局。）兩個人在一起的時候，
看到對方沒話説，要主動逗他笑，做一個打破僵局的人（ *Be the
one to break the ice.* ）美國人通常會聊天氣或稱讚別人來打破
僵局。

　　Interact. 的意思是「要互動。」等於 You should interact
with other peple.（你應該和其他人互動。）不要孤立自己。
（ *Don't isolate yourself.* ）*Engage.* 字面的意思是「要從事。」
在這裡的意思是「要參與。」也可説成 Engage yourself.（使
自己參與。）或 You should engage in conversation.（你應該
參與談話。）engage 是及物、不及物兩用動詞，而且主動、被
動意義相同，所以，*Engaged.* 也可説成 Engage yourself. 或
Be engaged.（要參與。）或 You should be engaged in
conversation.（你應該參與談話。）主動、被動意義相同的動詞，
還有：rent（出租）、determine（決心）、graduate（畢業）、
starve（飢餓）、derive（起源）、prepare（準備）、marry（和…
結婚）。【詳見「文法寶典」p.388】

UNIT 5

8. Participate.

Participate.	要參與。
Get involved.	要參與。
Join school *activities*.	要參加學校的活動。
Try *sports*.	嘗試運動。
Try *choir* or *band*.	試試唱詩班或樂隊。
Don't be all *academic*.	不要只注重學業。
It reduces *pressure*.	這樣能減輕壓力。
It helps *concentration*.	有助於專注。
Don't be a *bookworm*.	不要當書呆子。

**

participate³〔par'tɪsə,pet〕v. 參加;參與
involve⁴〔ɪn'vɑlv〕v. 使牽涉在內　***get involved***　參與
join¹〔dʒɔɪn〕v. 參加　　activity³〔æk'tɪvətɪ〕n. 活動
sport¹〔sport〕n. 運動　　choir⁵〔kwaɪr〕n.（教會的）唱詩班
band¹〔bænd〕n. 樂隊
academic⁴〔,ækə'dɛmɪk〕adj. 學術的
reduce³〔rɪ'djus〕v. 減少　　pressure³〔'prɛʃə〕n. 壓力
concentration⁴〔,kɑnsn̩'treʃən〕n. 專心;集中
bookworm〔'bʊk,wɝm〕n. 書呆子

UNIT 5

9. Don't be shy.

Don't be *shy*.	別害羞。
Don't be *timid*.	別膽怯。
Be *friendly*.	要友善。
Chat.	要聊天。
Converse.	要交談。
Be *outgoing*.	要外向。
Don't *isolate* yourself.	不要孤立自己。
Don't *fear* people.	別怕生。
Don't feel *insecure*.	別覺得不安。

** ────────────────────

shy¹〔ʃaɪ〕*adj.* 害羞的   timid⁴〔'tɪmɪd〕*adj.* 膽小的
friendly²〔'frɛndlɪ〕*adj.* 友善的
chat³〔tʃæt〕*v.* 聊天
converse⁴〔kən'vɜs〕*v.* 交談
outgoing⁵〔'aʊt,goɪŋ〕*adj.* 外向的
isolate⁴〔'aɪsḷ,et〕*v.* 使孤立;使隔離
fear¹〔fɪr〕*v.* 害怕
insecure⁵〔,ɪnsɪ'kjʊr〕*adj.* 感到不安的;沒有自信的

UNIT 5

10. Don't be nervous.

Don't be *nervous*.	別緊張。
Don't get *uptight*.	別焦慮。
Don't *freak out*.	別嚇呆。
Think *positive*.	要正面思考。
Think *clearly*.	要清晰思考。
Don't get *scared*.	別受驚嚇。
Cool it.	要冷靜。
Lighten up.	要放鬆。
Stay in *control*.	要保持鎮定。

** ———————————

nervous³〔'nɝvəs〕*adj.* 緊張的

uptight³〔'ʌp'taɪt〕*adj.* 焦慮的

freak⁶〔frik〕*n.* 怪人　　***freak out*** 嚇呆；驚慌

positive²〔'pɑzətɪv〕*adj.* 正面的；積極的

clearly¹〔'klɪrlɪ〕*adv.* 清晰地　　scare¹〔skɛr〕*v.* 驚嚇

cool¹〔kul〕*v.* 使冷卻　　***cool it*** 沈住氣；冷靜下來

lighten⁴〔'laɪtn̩〕*v.* 放心；輕鬆；緩和　　***lighten up*** 放輕鬆

control²〔kən'trol〕*n.* 控制　　***in control*** 控制中

11. Love your country.

Love your *country*.	愛你的國家。
Honor your *homeland*.	榮耀你的祖國。
Be willing to *defend* it.	要願意保衛它。
Respect the *flag*.	尊敬國旗。
Sing the *anthem*.	唱國歌。
Stand up for your nation.	捍衛你的國家。
Be *loyal*.	要忠誠。
Be a true *citizen*.	當一個眞正的國民。
Be a proud *native*.	當一個驕傲的國民。

** ————————————————

country[1] 〔'kʌntrɪ〕 *n.* 國家　　honor[3] 〔'ɑnɚ〕 *v.* 使光榮
homeland[4] 〔'hom,lænd〕 *n.* 祖國
willing[2] 〔'wɪlɪŋ〕 *adj.* 願意的　　defend[4] 〔dɪ'fɛnd〕 *v.* 保衛
respect[2] 〔rɪ'spɛkt〕 *v.* 尊敬
flag[2] 〔flæg〕 *n.* 旗子；國旗 (= *national flag*)
anthem[5] 〔'ænθəm〕 *n.* 頌歌；國歌 (= *national anthem*)
stand up for 捍衛；保衛；爲…挺身而出
loyal[4] 〔'lɔɪəl〕 *adj.* 忠實的　　citizen[2] 〔'sɪtəzn̩〕 *n.* 公民；國民
proud[2] 〔praʊd〕 *adj.* 驕傲的；有自尊心的
native[3] 〔'netɪv〕 *n.* 本地人；本國人

UNIT 5

12. The Night Market

Like a *circus*.	像是馬戲團。
Like a *carnival*.	像是嘉年華會。
It's a *unique* place.	是個獨特的地方。
Crowds of *pedestrians*.	有很多人在逛街。
Inviting *odors* everywhere.	到處都是誘人的香味。
It's a snack *paradise*.	這是小吃的天堂。
Bubble milk tea.	泡沫奶茶。
Stinky tofu.	臭豆腐。
Dumplings and potstickers.	水餃和鍋貼。

** ————————————

night market 夜市　　circus[3] 〔'sɜkəs 〕 *n.* 馬戲團
carnival[5] 〔'kɑrnəvḷ 〕 *n.* 嘉年華會
unique[4] 〔 ju'nik 〕 *adj.* 獨特的　　crowd[2] 〔 kraud 〕 *n.* 群眾；人群
pedestrian[6] 〔 pə'dɛstrɪən 〕 *n.* 行人
inviting[2] 〔 ɪn'vaɪtɪŋ 〕 *adj.* 誘人的　　odor[5] 〔'odɚ 〕 *n.* 氣味
snack[2] 〔 snæk 〕 *n.* 小吃；點心
paradise[3] 〔'pærə,daɪs 〕 *n.* 天堂　　bubble[3] 〔'bʌbḷ 〕 *n.* 泡泡
milk tea 奶茶　　stinky[5] 〔'stɪŋkɪ 〕 *adj.* 臭的
tofu[2] 〔'to'fu 〕 *n.* 豆腐　　dumpling[2] 〔'dʌmplɪŋ 〕 *n.* 水餃
potsticker 〔'pɑt,stɪkɚ 〕 *n.* 鍋貼

【Unit 5-12 背景説明】

　　人類先學會説簡單的話，受過教育的人就説有深度的話，所謂「深度」，就是使用較難的單字。這項新發明是讓你先學會説話，再背單字。句子短，背得才快。如你到了夜市，你可以跟外國人説：

Like a *circus*.（像是馬戲團。）
Like a *carnival*.（像是嘉年華會。）
It's a *unique* place.（是特別的地方。）

　　蔡琇瑩老師看到這三句話，馬上説：「這些都不成句。」美國人説話的時候，不一定每個句子都有主詞、動詞、受詞等，人類先有語言，才有文法，學會話要學美國人説出來的話。如果改成 "It's like a circus. It's like a carnival. It's a unique place." 這三句話説出來就硬梆梆了。美國人説和寫不一樣，所以分成 spoken English 和 written English，而我們所學的文法偏重於書寫英文，你學的和聽到的不一樣，英文怎麼學得好？我們應該先學口説英語。

　　很多年前，我們就想到把 7000 字用嘴巴説出來，而美籍編輯做不到，這次想盡方法做到了。7000 字是高中學生課本和大學入學考題的範圍，很常用，能夠説出來的單字更常用。

帶外國人到夜市，你可以繼續説：

Crowds of *pedestrians*.（有很多人在逛街。）
Inviting odors everywhere.（到處都是誘人的香味。）
It's a *snack paradise*.（這裡是小吃的天堂。）

　　一般有學問的外國人不敢寫出省略句，而寫出：There are crowds of pedestrians.（有很多人在逛街。）我找了一位完全不懂文法的美國人 Edward McGuire 協助，才能寫出美國人嘴巴説出來的

話。crowd「群眾」，pedestrian「行人」，如果你翻成「有一批批的行人」，就不是我們平常說的話。用這種會話背單字的方法，背一些隨時可以使用的句子，越背越喜歡背，說出來的話又有深度。

我們把單字和中國文化結合：

> *Bubble* milk tea.（泡沫奶茶。）
>
> *Stinky tofu*.（臭豆腐。）
>
> *Dumplings* and potstickers.（水餃和鍋貼。）

我們中國人說「泡沫奶茶」，美國人習慣說 bubble milk tea，「珍珠奶茶」說成 pearl milk tea。「紅茶」是 black tea，不是 *red tea*（誤），「綠茶」是 green tea 沒錯。有些字不在 7000 字裡，如 potsticker，是由二個字組合起來的，pot「鍋子」，stick「黏貼」。背完這九句話，和朋友到夜市，不管他是中國人或外國人，你都可以對他說，說多了，單字增加，英文也流利，也可以寫作文。

【作文範例】

The Night Market

I love the night market. It's like a circus. It's like a carnival. It's a unique place. There's no place like it on earth.

We can see crowds of pedestrians. We can smell inviting odors everywhere. It's really a snack paradise. There is bubble milk tea, stinky tofu, dumplings and potstickers. You name it, they have it.

夜　市

我愛夜市。那裡像馬戲團。那裡像嘉年華會。那是個獨特的地方。全世界找不到像這樣的地方。

我們可以看到很多人在逛街。到處都可以聞到誘人的香味。這真是小吃的天堂。有泡沫奶茶、臭豆腐、水餃和鍋貼。你說得出來的，那裡都有。

*為什麼用 There is bubble milk tea, … 不用 There are bubble milk tea, …?
【詳見「文法寶典」p.397】

Unit 5 總複習

背至 2 分鐘之內，變成直覺，終生不會忘記。

1. I feel like a *robot*.
   I'm on *automatic*.
   My life is *repetitive*.

   I *rise* before dawn.
   I *report* straight *to* school.
   After that, it's *cram school*.

   Only *weekends* are different.
   Saturday night I *stay up late*.
   On Sunday I am *flexible*.

2. Go *overseas*.
   Study *abroad*.
   Be *international*.

   Be *independent*.
   Roam, wander, and discover.
   Acquire *vision* and
      knowledge.

   Travel *solo*.
   You'll *mature*.
   You'll gain *perspective*.

3. *Relax!*
   Calm down!
   Chill out!

   Take it easy.
   Take a deep *breath*.
   Breathe slowly.

   Don't be *worried*.
   Don't be *afraid*.
   You have nothing to *fear*.

4. *Beware of* strangers.
   Know your *surroundings*.
   Remember: *safety* first.

   Fireproof your home.
   Fortify your house.
   Have locks, cameras, and *alarms*.

   Minimize danger.
   Be *preventive*.
   Make your home a *sanctuary*.

5. Ride the *subway*.
   See *skyscrapers*.
   Admire *architecture*.

   See *modern* buildings.
   See *historic* sights.
   Visit *outlet* shops.

   Stay in a *luxurious* hotel.
   Eat *delicious* foods.
   Experience all the city has to
      offer.

6. Use this *method*.
   It's a *breakthrough* way.
   It's been well *researched*.

   Repetition is the key.
   Rehearse and practice.
   Drill it over and over.

   You'll *remember* it.
   You'll *retain* it.
   You'll *acquire* it for life.

UNIT 5

7. *Risk* it.
Communicate.
Take a chance.

Open up.
Share yourself.
Break the ice.

Interact.
Engage.
It's a *tremendous* feeling.

8. *Participate.*
Get involved.
Join school *activities.*

Try *sports.*
Try *choir* or *band.*
Don't be all *academic.*

It reduces *pressure.*
It helps *concentration.*
Don't be a *bookworm.*

9. Don't be *shy.*
Don't be *timid.*
Be *friendly.*

Chat.
Converse.
Be *outgoing.*

Don't *isolate* yourself.
Don't *fear* people.
Don't feel *insecure.*

10. Don't be *nervous.*
Don't get *uptight.*
Don't *freak out.*

Think *positive.*
Think *clearly.*
Don't get *scared.*

Cool it.
Lighten up.
Stay in *control.*

11. Love your *country.*
Honor your *homeland.*
Be willing to *defend* it.

Respect the *flag.*
Sing the *anthem.*
Stand up for your nation.

Be *loyal.*
Be a true *citizen.*
Be a proud *native.*

12. Like a *circus.*
Like a *carnival.*
It's a *unique* place.

Crowds of *pedestrians.*
Inviting *odors* everywhere.
It's a snack *paradise.*

Bubble milk tea.
Stinky tofu.
Dumplings and potstickers.

UNIT 5

Unit 6

1. Beggars cannot be choosers. 飢難擇食。
2. I'm hungry. 我很餓。
3. I was sick. 我生病了。
4. I had an infection. 我被感染了。
5. I hurt all over. 我全身疼痛。
6. I was miserable. 我很難受。
7. I'm absentminded. 我心不在焉。
8. I'm clumsy. 我很笨拙。
9. I'm angry. 我很生氣。
10. I'm really irritated. 我真的很生氣。
11. My situation is awful. 我的情況很糟。
12. Eat for longevity. 為長壽而吃。

【劇情介紹】‥‥‥‥‥

　　從上一回的夜市，想到諺語"Beggars cannot be choosers."看到很多食物，"I'm hungry."，飢不擇食的結果，"I was sick."，去看醫生，發現"I had an infection."，症狀是"I hurt all over."，生病的時候，覺得"I was miserable."。身心都受到影響："I'm absentminded." "I'm clumsy." 對於吃到不乾淨的食物，"I'm angry." "I'm really irritated."。了解到"My situation is awful."，我囑咐自己"Eat for longevity."。

Unit 6 ➤ Conversations

1. A: I'll take what I can get.
(有什麼我都接受。)

B: Beggars cannot be choosers. (飢難擇食。)

2. A: I'm hungry. (我餓了。)

B: Let's eat something.
(我們吃點東西吧。)

3. A: I was sick. (我生病了。)
I had an infection. (我被感染了。)
I hurt all over. (我全身痛。)

B: Did you see a doctor? (你看醫生了嗎？)

4. A: I was miserable. (我很難受。)

B: I could tell. (我看得出來。)

5. A: I'm absentminded. (我心不在焉。)

B: That's not good. (那樣不太好。)

6. A: I'm clumsy. (我笨手笨腳。)

B: Better be careful then.
(那最好要小心。)

7. A: I'm angry. (我很生氣。)
I'm really irritated. (我真的很生氣。)

B: Chill out. (要冷靜。)

8. A: My situation is awful.
(我的情況很糟。)

B: I feel sorry for you. (我為你感到難過。)

1. *Beggars cannot be choosers.*

Track 6 Unit 6

UNIT 6

I'm *satisfied.*	我很滿意。
I'm *content.*	我很滿足。
Beggars cannot be choosers.	飢難擇食。
I can't *complain.*	我不能抱怨。
I can't be *envious.*	我不能羨慕。
I'm *grateful* for what I have.	我很感激我所擁有的。
I'm *diligent.*	我很勤勉。
I'm willing to *sweat.*	我願意辛苦工作。
I'm prepared to *pay the price.*	我準備好付出代價。

** ────────────────

satisfied[2] 〔'sætɪs,faɪd 〕 *adj.* 滿意的
content[4] 〔 kən'tɛnt 〕 *adj.* 滿足的
beggar[3] 〔'bɛgɚ 〕 *n.* 乞丐   chooser[2] 〔'tʃuzɚ 〕 *n.* 選擇者
Beggars cannot be choosers. 【諺】乞丐無從選擇；飢難擇食。
complain[2] 〔 kəm'plen 〕 *v.* 抱怨   envious[4] 〔'ɛnvɪəs 〕 *adj.* 羨慕的
grateful[4] 〔'gretfəl 〕 *adj.* 感激的
diligent[3] 〔'dɪlədʒənt 〕 *adj.* 勤勉的   willing[2] 〔'wɪlɪŋ 〕 *adj.* 願意的
sweat[3] 〔 swɛt 〕 *v.* 流汗；辛苦工作
prepared[1] 〔 prɪ'pɛrd 〕 *adj.* 準備好的   pay[1,3] 〔 pe 〕 *v.* 支付
price[1] 〔 praɪs 〕 *n.* 價格；代價   ***pay the price*** 付出代價

UNIT 6

2. I'm hungry.

I'm *hungry*.	我很餓。
I'm *starving*.	我快餓死了。
I'm *famished*.	我要餓扁了。
I have hunger *pains*.	我餓得胃痛。
My *stomach* is empty.	我的胃是空的。
My stomach is *growling*.	我肚子餓得咕咕叫。
I'm *weak*.	我很虛弱。
I'm *dizzy*.	我頭很暈。
I need a *bite*.	我需要吃點東西。

** ──────────────────

hungry[1]〔'hʌŋgrɪ〕*adj.* 飢餓的
starve[3]〔stɑrv〕*v.* 餓死;飢餓
famished〔'fæmɪʃt〕*adj.* 餓扁的 【famine[6]〔'fæmɪn〕*n.* 饑荒】
hunger[2]〔'hʌŋgɚ〕*n.* 飢餓　　pain[2]〔pen〕*n.* 疼痛
stomach[2]〔'stʌmək〕*n.* 胃　　empty[3]〔'ɛmptɪ〕*adj.* 空的
growl[5]〔graʊl〕*v.* 隆隆作響　　weak[1]〔wik〕*adj.* 虛弱的
dizzy[2]〔'dɪzɪ〕*adj.* 頭暈的
bite[1]〔baɪt〕*n.* 咬一口;少量的食物

3. I was sick.

I was *sick*.	我生病了。
I felt *ill*.	我覺得不舒服。
I had a *cold*.	我感冒了。
I was *dizzy*.	我頭暈。
My head was *spinning*.	我的頭在旋轉。
I went to a *clinic*.	我去了診所。
The doctor *examined* me.	醫生爲我檢查身體。
She *prescribed* medicine.	她開了藥。
She gave me an *injection*.	她給我打了一針。

** ———————————————

sick¹ 〔 sɪk 〕 *adj.* 生病的   ill² 〔 ɪl 〕 *adj.* 生病的；不舒服的

cold¹ 〔 kold 〕 *n.* 感冒   dizzy² 〔 ˋdɪzzy 〕 *adj.* 頭暈的

spin³ 〔 spɪn 〕 *v.* 旋轉   clinic³ 〔 ˋklɪnɪk 〕 *n.* 診所

examine¹ 〔 ɪgˋzæmɪn 〕 *v.* 檢查

prescribe⁶ 〔 prɪˋskraɪb 〕 *v.* 開 (藥方)

injection⁶ 〔 ɪnˋdʒɛkʃən 〕 *n.* 注射

UNIT 6

4. I had an infection.

I had an *infection*.	我被感染了。
My throat was *swollen*.	我喉嚨腫起來了。
I needed *antibiotics*.	我需要抗生素。
I went to a *pharmacy*.	我去了藥局。
It was a local *drugstore*.	那是一間當地的藥房。
They *dispensed medications*.	他們會配藥。
I got *aspirin* for a fever.	我買退燒的阿斯匹靈。
I bought *cough syrup*.	我買了咳嗽糖漿。
I have fully *recovered* now.	我現在已經完全康復。

** ─────────────

infection[4] 〔ɪnˈfɛkʃən〕 *n.* 感染   throat[2] 〔θrot〕 *n.* 喉嚨
swollen[3] 〔ˈswolən〕 *adj.* 腫起的；腫大的
antibiotic[6] 〔ˌæntɪbaɪˈɑtɪk〕 *n.* 抗生素
pharmacy[6] 〔ˈfɑrməsɪ〕 *n.* 藥局   local[2] 〔ˈlokl̩〕 *adj.* 當地的
drugstore[2] 〔ˈdrʒʌɡˌstor〕 *n.* 藥房
dispense[5] 〔dɪˈspɛns〕 *v.* 調配
medication[6] 〔ˌmɛdɪˈkeʃən〕 *n.* 藥物   get[1] 〔ɡɛt〕 *v.* 買
aspirin[4] 〔ˈæsprɪn〕 *n.* 阿斯匹靈   fever[2] 〔ˈfivɚ〕 *n.* 發燒
cough[2] 〔kɔf〕 *n. v.* 咳嗽   syrup[4] 〔ˈsɪrəp〕 *n.* 糖漿
cough syrup 咳嗽糖漿   fully[1] 〔ˈfulɪ〕 *adv.* 完全地
recover[3] 〔rɪˈkʌvɚ〕 *v.* 康復

5. I hurt all over.

I *hurt* all over.	我全身疼痛。
I was in *pain*.	我很痛苦。
I was *uncomfortable*.	我不舒服。
I was *sweating*.	我在冒汗。
My throat was *itchy*.	我喉嚨癢。
My nose *was stuffed up*.	我鼻塞。
I had a *stomachache*.	我胃痛。
My stomach was *upset*.	我的胃不舒服。
My *bowels* were *loose*.	我腹瀉。

** ─────────────────

hurt[1] 〔 hɜt 〕 *v.* 疼痛   ***all over*** 全身

pain[2] 〔 pen 〕 *n.* 痛苦   ***be in pain*** 很痛苦

uncomfortable[2] 〔 ʌnˈkʌmfə·təbl̩ 〕 *adj.* 不舒服的

sweat[3] 〔 swɛt 〕 *v.* 流汗   throat[2] 〔 θrot 〕 *n.* 喉嚨

itchy[4] 〔ˈɪtʃɪ 〕 *adj.* 癢的   nose[1] 〔 noz 〕 *n.* 鼻子

stuff[3] 〔 stʌf 〕 *v.* 使 (鼻子) 塞住   ***be stuffed up*** 塞住了

stomachache[2] 〔ˈstʌmək͵ek 〕 *n.* 胃痛

upset[3] 〔 ʌpˈsɛt 〕 *adj.* (胃) 不舒服的   bowel[5] 〔ˈbauəl 〕 *n.* 腸

loose[3] 〔 lus 〕 *adj.* 鬆的；腹瀉的   ***loose bowels*** 腹瀉

UNIT 6

6. I was miserable.

I was *miserable*.	我很難受。
I had every *symptom*.	我什麼症狀都有。
I *was under the weather*.	我不舒服。
I had a *headache*.	我頭痛。
I had a *sore throat*.	我喉嚨痛。
I even had a *runny nose*.	我甚至流鼻涕。
I was *sneezing*.	我在打噴嚏。
I had a *fever*.	我發燒。
I was about to *vomit*.	我要吐了。

** ─────────────────

miserable⁴ (ˋmɪzərəb!) *adj.* 悲慘的；身體狀況不好的
symptom⁶ (ˋsɪmptəm) *n.* 症狀
be under the weather 不舒服
headache³ (ˋhɛd͵ek) *n.* 頭痛　　sore³ (sor) *adj.* 疼痛的
throat² (θrot) *n.* 喉嚨　　**have a sore throat** 喉嚨痛
runny¹ (ˋrʌnɪ) *adj.* (鼻子) 分泌液體的
nose¹ (noz) *n.* 鼻子　　**have a runny nose** 流鼻涕
sneeze⁴ (sniz) *v.* 打噴嚏　　fever² (ˋfivɚ) *n.* 發燒
be about to V. 即將；快要　　vomit⁶ (ˋvɑmɪt) *v.* 嘔吐

7. I'm absentminded.

I'm *absentminded*.	我心不在焉。
I'm easily *distracted*.	我容易分心。
My memory is *shaky*.	我的記憶不可靠。
I *misplace* things.	我東西亂放。
I *screw up* names.	我弄錯名字。
I *confuse* times and dates.	我搞混時間和日期。
I can't *focus*.	我無法專注。
I can't *concentrate*.	我無法專心。
I'm trying to *compensate*.	我正在努力修正。

** ───────────────

absentminded[6] ('æbsn̩t'maɪndɪd) *adj.* 心不在焉的；健忘的
　(= *absent-minded*)　　easily[1] ('izl̩ɪ) *adv.* 容易地
distract[6] (dɪ'strækt) *v.* 使分心
memory[2] ('mɛmərɪ) *n.* 記憶 (力)
shaky[1] ('ʃekɪ) *adj.* 搖晃的；不穩的；不可靠的
misplace[1] (mɪs'ples) *v.* 誤置；把…放錯地方；把…放在一時
　想不起來的地方　　screw[3] (skru) *v.* 旋；扭
screw up 搞砸　　confuse[3] (kən'fjuz) *v.* 弄混
date[1] (det) *n.* 日期　　focus[2] ('fokəs) *v.* 專注
concentrate[4] ('kɑnsn̩ˌtret) *v.* 專心　　***try to V.*** 努力；設法
compensate[6] ('kɑmpənˌset) *v.* 彌補；補償；修正

8. I'm clumsy.

I'm *clumsy*.	我很笨拙。
I'm *awkward*.	我笨手笨腳。
I'm always *tripping over* things.	我總是被東西絆倒。
Sometimes I *stumble*.	我有時候絆倒。
Sometimes I *fall*.	我有時候跌倒。
I seldom *get injured*.	我很少受傷。
I drop *objects*.	我會掉東西。
I bump into *pedestrians*.	我會撞到行人。
I *occasionally* break stuff.	我偶爾會打破東西。

**

clumsy⁴ (ˈklʌmzɪ) *adj.* 笨拙的
awkward⁴ (ˈɔkwəd) *adj.* 笨拙的；不靈巧的
trip¹ (trɪp) *v.* 絆倒；跌倒　　*trip over* 被…絆倒
stumble⁵ (ˈstʌmbḷ) *v.* 絆倒　　fall¹ (fɔl) *v.* 跌倒
injure³ (ˈɪndʒɚ) *v.* 使受傷　　*get injured* 受傷
drop² (drɑp) *v.* 使掉落　　object² (ˈɑbdʒɪkt) *n.* 物品；東西
bump³ (bʌmp) *v.* 碰撞　　*bump into* 撞上
pedestrian⁶ (pəˈdɛstrɪən) *n.* 行人
occasionally⁴ (əˈkeʒənḷɪ) *adv.* 偶爾；有時候
break¹ (brek) *v.* 打破　　stuff³ (stʌf) *n.* 東西

9. I'm angry.

I'm *angry*.	我很生氣。
I'm *upset*.	我很不高興。
I'm *ticked off*.	我很不爽。
I'm *furious*.	我非常生氣。
I'm *pissed*.	我很憤怒。
I'm *outraged*.	我火冒三丈。
Oh my God!	我的天呀！
What the hell!	搞什麼呀！
I'm so mad I could *spit*.	我氣得想罵髒話。

UNIT 6

** ————————————————

angry[1] 〔'æŋgrɪ〕*adj.* 生氣的   upset[3] 〔ʌp'sɛt〕*adj.* 不高興的

tick[5] 〔tɪk〕*v.* 激怒   *tick off* 使生氣；激怒

furious[4] 〔'fjʊrɪəs〕*adj.* 狂怒的；大發雷霆的

pissed[5] 〔pɪst〕*adj.* 生氣的

outraged[6] 〔'aʊt,redʒd〕*adj.* 震怒的

God[1] 〔gɑd〕*n.* 上帝   *Oh my God!* 我的天呀！

hell[3] 〔hɛl〕*n.* 地獄   *What the hell!* 搞什麼呀！

mad[1] 〔mæd〕*adj.* 生氣的；憤怒的

spit[3] 〔spɪt〕*v.* 吐口水；怒斥

I could spit 我氣得口不擇言；我氣得想罵髒話

UNIT 6

10. I'm really irritated.

I'm really *irritated*.	我真的很生氣。
I'm *more than* angry.	我很火大。
You *screwed up*.	你搞砸了。
You *idiot*.	你這白癡。
You *jerk*.	你這蠢人。
You're an *ass*.	你是笨蛋。
You *stink*.	你臭傢伙。
You're *rotten*.	你這爛人。
You're so *stupid*.	你好愚蠢。

** ————————————

irritate[6] 〔'ɪrə,tet〕 v. 激怒；使生氣
more than 比…更多；不只是；非常
angry[1] 〔'æŋgrɪ〕 adj. 生氣的
screw up 搞砸   idiot[5] 〔'ɪdɪət〕 n. 白癡
jerk 〔dʒɝk〕 n. 蠢人   ass[5] 〔æs〕 n. 屁股；笨蛋
stink[5] 〔stɪŋk〕 v. 發臭   rotten[3] 〔'rɑtn̩〕 adj. 腐爛的
stupid[1] 〔'stupɪd〕 adj. 愚蠢的；笨的

11. My situation is awful.

My situation is *awful*.	我的情況很糟。
I'm *in big trouble*.	我麻煩大了。
My problems are *numerous*.	我的問題很多。
I have no one to *rely on*.	我沒人可以依靠。
No one to *turn to*.	沒人可以求助。
My goose is cooked.	我完蛋了。
There's no *way out*.	走投無路了。
I'm *trapped*.	我陷於困境中。
I *desperately* need help.	我非常需要幫助。

** ────────────────

situation[3] 〔ˌsɪtʃu'eʃən 〕 *n.* 情況
awful[3] 〔'ɔful 〕 *adj.* 很糟的;極壞的
in big trouble 麻煩大了
numerous[4] 〔'njumərəs 〕 *adj.* 很多的
rely on 依靠   ***turn to*** 求助於
goose[1] 〔 gus 〕 *n.* 鵝   cook[1] 〔 kʊk 〕 *v.* 煮
*one's **goose is cooked*** 某人完蛋了 (*= one is finished*)
way out 出路;擺脫困境的方法
trap[2] 〔 træp 〕 *v.* 使陷於困境
desperately[4] 〔'dɛspərɪtlɪ 〕 *adv.* 拼命地;非常

UNIT 6

12. Eat for longevity.

Eat *vegetables*.	吃蔬菜。
Eat *nutritious* foods.	吃有營養的食物。
You'll *outlive* everyone.	你會比每個人活得久。
Try *organic produce*.	試試有機農產品。
It's *pure* and natural.	乾淨又天然。
No chemicals or *pesticides*.	無化學物質或殺蟲劑。
Eat for *longevity*.	為長壽而吃。
Eat *healthy*.	要吃得健康。
Nutrition is the key.	營養是關鍵。

** ─────────────────

vegetable[1] ('vɛdʒtəbl̩) *n.* 蔬菜
nutritious[6] (nju'trɪʃəs) *adj.* 有營養的
outlive[3] (aʊt'lɪv) *v.* 活得比…久
organic[4] (ɔr'gænɪk) *adj.* 有機的
produce[2] ('prɑdjus) *n.* 農產品
pure[3] (pjʊr) *adj.* 純粹的;乾淨的
natural[2] ('nætʃrəl) *adj.* 自然的
chemical[2] ('kɛmɪkl̩) *n.* 化學物質
pesticide[6] ('pɛstɪ,saɪd) *n.* 殺蟲劑
longevity[6] (lɑn'dʒɛvətɪ) *n.* 長壽
healthy[2] ('hɛlθɪ) *adj.* 健康的
nutrition[6] (nju'trɪʃən) *n.* 營養   key[1] (ki) *n.* 關鍵

【 Unit 6-4 背景説明 】

　　They dispensed medications. 中，dispense 的主要意思是「分發；分配」，在這裡是指「配 (藥)」(= *prepare medicines and give them to people*)。medication 是「藥；藥物；藥物治療」這句話也可説成：They dispensed medicines. (他們配藥。)

【 Unit 6-7 背景説明 】

　　I'm trying to compensate. 字面的意思是「我試著彌補。」引申爲「我正在努力修正。」compensate 的意思有：彌補；補償；抵消；賠償；修正 (= *make amends for*)。這句話也可説成：I'm trying to make things right. (我正在努力修正。)

【 Unit 6-9 背景説明 】

　　I'm ticked off. 中，tick 的意思有：① (鐘錶) 發出滴答聲。②打勾號。tick off 是成語，作「責備；責罵；惹怒 (某人)」解。***I'm ticked off.*** 的意思是「我被惹怒了。」即表示「我很生氣；我很不高興；我很不爽。」

　　I'm pissed. 中，piss 的主要意思是「小便」，這句話字面的意思是「我被小便了。」引申爲「我很生氣。」也可加強語氣説成：I'm pissed off. (我很生氣。)

　　I'm outraged. 中，outrage 當名詞是「暴行」，當動詞是「激怒」。這句話字面的意思是「我被激怒了。」引申爲「我火冒三丈；我很生氣。」生氣時，除了説：***Oh my God! What the hell!*** 之外，還有 Jesus! (天啊！)【Jesus〔ˈdʒizəs〕

n. 耶穌 】，Shit!（媽的！）Goddamn it!（該死！）【 goddamn
〔'gɑ͵dæm 〕*interj.* 該死 】

【 Unit 6-10 背景說明 】

考慮了很久，才決定收錄這一回。說出來以後，後果嚴
重，所以要小心。背完了，當別人罵你，至少聽得懂，不要
什麼都說 Thank you。

I'm really irritated. 字面的意思是「我真的被激怒了。」
引申為「我真的很生氣。」如果是非人當主詞，就可説：That's
really irritating.（真令人生氣。）

【 Unit 6-11 背景說明 】

My goose is cooked. 字面的意思是「我的鵝被煮了。」
源自伊索寓言（Aesop's Fables），會下金蛋的鵝（golden
goose）被殺了，就沒有希望了，引申為「我完蛋了。」
（= *My life is over.* = *I'm finished.*）

【 Unit 6-12 背景說明 】

You'll outlive everyone. 中，outlive 是「比…活得久」，
out 的意思有很多，在這裡是指 beyond「超過」，類似的有：
outnumber「數目勝過」、outdo「勝過」等。Boys *outnumber*
girls in this class.（在這班上男孩比女孩多。）No one will
outdo him.（沒有人會勝過他。）

Try organic produce. 中的 produce 〔'prɑdjus 〕是「農
產品」，是名詞，動詞是〔 prə'djus 〕*v.* 生產，product 是「產
品」，不要搞混了。也可説成：Try organic products.（試試
有機產品。）

Unit 6 總複習

背至 2 分鐘之內，變成直覺，終生不會忘記。

1. I'm *satisfied*.
   I'm *content*.
   Beggars cannot be choosers.

   I can't *complain*.
   I can't be *envious*.
   I'm *grateful* for what I have.

   I'm *diligent*.
   I'm willing to *sweat*.
   I'm prepared to *pay the price*.

2. I'm *hungry*.
   I'm *starving*.
   I'm *famished*.

   I have hunger *pains*.
   My *stomach* is empty.
   My stomach is *growling*.

   I'm *weak*.
   I'm *dizzy*.
   I need a *bite*.

3. I was *sick*.
   I felt *ill*.
   I had a *cold*.

   I was *dizzy*.
   My head was *spinning*.
   I went to a *clinic*.

   The doctor *examined* me.
   She *prescribed* medicine.
   She gave me an *injection*.

4. I had an *infection*.
   My throat was *swollen*.
   I needed *antibiotics*.

   I went to a *pharmacy*.
   It was a local *drugstore*.
   They *dispensed medications*.

   I got *aspirin* for a fever.
   I bought *cough syrup*.
   I have fully *recovered* now.

5. I *hurt* all over.
   I was in *pain*.
   I was *uncomfortable*.

   I was *sweating*.
   My throat was *itchy*.
   My nose *was stuffed up*.

   I had a *stomachache*.
   My stomach was *upset*.
   My *bowels* were *loose*.

6. I was *miserable*.
   I had every *symptom*.
   I *was under the weather*.

   I had a *headache*.
   I had a *sore throat*.
   I even had a *runny nose*.

   I was *sneezing*.
   I had a *fever*.
   I was about to *vomit*.

7. I'm *absentminded*.
   I'm easily *distracted*.
   My memory is *shaky*.

   I *misplace* things.
   I *screw up* names.
   I *confuse* times and dates.

   I can't *focus*.
   I can't *concentrate*.
   I'm trying to *compensate*.

8. I'm *clumsy*.
   I'm *awkward*.
   I'm always *tripping over* things.

   Sometimes I *stumble*.
   Sometimes I *fall*.
   I seldom *get injured*.

   I drop *objects*.
   I bump into *pedestrians*.
   I *occasionally* break stuff.

9. I'm *angry*.
   I'm *upset*.
   I'm *ticked off*.

   I'm *furious*.
   I'm *pissed*.
   I'm *outraged*.

   Oh my God!
   What the hell!
   I'm so mad I could *spit*.

10. I'm really *irritated*.
    I'm *more than* angry.
    You *screwed up*.

    You *idiot*.
    You *jerk*.
    You're an *ass*.

    You *stink*.
    You're *rotten*.
    You're so *stupid*.

11. My situation is *awful*.
    I'm *in big trouble*.
    My problems are *numerous*.

    I have no one to *rely on*.
    No one to *turn to*.
    My goose is cooked.

    There's no *way out*.
    I'm *trapped*.
    I *desperately* need help.

12. Eat *vegetables*.
    Eat *nutritious* foods.
    You'll *outlive* everyone.

    Try *organic produce*.
    It's *pure* and natural.
    No chemicals or *pesticides*.

    Eat for *longevity*.
    Eat *healthy*.
    Nutrition is the key.

1. I'm a big cinema fan. 我是電影頭號粉絲。

2. I saw a pitiful sight. 我看到悲慘的景象。

3. Global warming. 全球暖化。

4. Disasters everywhere! 到處都是災難！

5. I can't log in. 我無法登入。

6. I'm a contradiction. 我是個矛盾的人。

7. Save our planet. 拯救我們的星球。

8. Do what needs doing! 做需要做的事！

9. Crime never pays. 犯罪划不來。

10. Practice home safety. 要維護居家安全。

11. I'm optimistic. 我很樂觀。

12. Half a loaf is better than none. 聊勝於無。

【劇情介紹】…………

　　從上一回的吃得長壽，想到生活還要有娛樂，"I'm a big cinema fan."看了一部預測人類未來的電影，"I saw a pitiful sight."，這是因為"Global warming." 而天氣異常，所以 "Disasters everywhere."。所有現代的科技都毀壞，電腦網路都失靈，"I can't log in."，當下對於科技的進步，"I'm a contradiction."，必須要做些事情來 "Save our planet. "Do what needs doing!" 首先，從自身做起，"Crime never pays."，然後 "Practice home safety." 以避免意外發生。對於未來，"I'm optimistic."，每天做些好事，"Half a loaf is better than none."

Unit 7 ➤ Conversations

1. A: I'm a big cinema fan.
（我是電影頭號粉絲。）

B: I like movies, too.（我也喜歡電影。）

2. A: I saw a pitiful sight.
（我看到悲慘的景象。）

B: What was it?.（是什麼？）

3. A: Global warming.（全球暖化。）

B: It's a big problem.（它是個大問題。）

4. A: Disasters everywhere!
（到處都是災難！）

B: I agree.（我同意。）

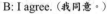

5. A: I can't log in.（我無法登入。）

B: Try again.（再試一次。）

6. A: I'm a contradition.
（我是個矛盾的人。）

B: That's interesting.（很有趣。）

7. A: Save our planet.（拯救我們的星球。）
Do what needs doing!
（做需要做的事！）

B: I'll do my part.（我會盡我的本分。）

8. A: I'm optimistic.（我很樂觀。）

B: That's a good quality.
（那是好的特質。）

1. I'm a big cinema fan.

Track 7 Unit 7

I'm a big *cinema* fan.	我是電影頭號粉絲。
I'*m keen on* great movies.	我喜愛很棒的電影。
But I'm very *selective*.	可是我非常精挑細選。
I prefer *sophisticated* films.	我比較喜歡有深度的電影。
I like to be *enriched*.	我喜歡覺得充實。
I want to be *enlightened*.	我想要被啓發。
Suspense is exciting.	懸疑片很刺激。
I enjoy *drama* and action.	我喜歡劇情片和動作片。
I love to *speculate*.	我喜愛思索。

** ————————————

cinema[4] 〔ˋsɪnəmə〕 *n.* 電影   fan[3,1] 〔fæn〕 *n.* 迷
keen[4] 〔kin〕 *adj.* 渴望的;熱中的
be keen on 熱中於;對…著迷;喜愛
selective[6] 〔səˋlɛktɪv〕 *adj.* 精挑細選的;有挑選眼光的
prefer[2] 〔prɪˋfɝ〕 *v.* 比較喜歡
sophisticated[6] 〔səˋfɪstɪˏketɪd〕 *adj.* 複雜的
film[2] 〔fɪlm〕 *n.* 電影   enrich[6] 〔ɪnˋrɪtʃ〕 *v.* 使豐富;充實
enlighten[6] 〔ɪnˋlaɪtn̩〕 *v.* 啓發   suspense[6] 〔səˋspɛns〕 *n.* 懸疑
exciting[2] 〔ɪkˋsaɪtɪŋ〕 *adj.* 令人興奮的;刺激的
enjoy[2] 〔ɪnˋdʒɔɪ〕 *v.* 喜歡   drama[2] 〔ˋdrɑmə〕 *n.* 戲劇
action[1] 〔ˋækʃən〕 *n.* 動作   speculate[6] 〔ˋspɛkjəˏlet〕 *v.* 思索

UNIT 7

2. I saw a pitiful sight.

It was past *midnight*.	午夜過後。
It was *freezing cold*.	天氣嚴寒。
I was *returning* home.	我正要回家。
I saw a *pitiful* sight.	我看到悲慘的景象。
I saw dozens of *bumps*.	我看到路上許多凸起的東西。
Men on the ground under *blankets*.	有人在地上蓋著毛毯。
It was *shocking*.	眞令人震驚。
What a *crisis*!	多麼重大的危機！
There's no *solution*.	沒有解決的辦法。

** ───────────────

past¹ 〔 pæst 〕 *prep.* (時間) 超過
midnight¹ 〔 'mɪd,naɪt 〕 *n.* 午夜；半夜十二點
freezing³ 〔 'frizɪŋ 〕 *adv.* 冰凍般地
freezing cold 冰凍般地寒冷　　return¹ 〔 rɪ't3n 〕 *v.* 返回
pitiful³ 〔 'pɪtɪfəl 〕 *adj.* 可憐的；悲慘的
sight¹ 〔 saɪt 〕 *n.* 景象　　dozen¹ 〔 'dʌzn̩ 〕 *n.* 一打
dozens of 很多　　bump³ 〔 bʌmp 〕 *n.* (路面) 隆起
ground¹ 〔 graʊnd 〕 *n.* 地面　　blanket³ 〔 'blæŋkɪt 〕 *n.* 毛毯
shocking² 〔 'ʃakɪŋ 〕 *adj.* 令人震驚的
crisis² 〔 'kraɪsɪs 〕 *n.* 危機　　solution² 〔 sə'luʃən 〕 *n.* 解決之道

【Unit 7-1 背景説明】

> *I prefer sophisticated films.* 中，sophisticated 的主要意思是「世故的；老練的」，在這裡是「複雜的（ = *complex* ）；精緻的（ = *refined* ）」，sophisficated films 即是「有深度的電影」，如 *Brokeback Mountain*（斷背山）、*The Last Emperor*（末代皇帝）等。

I like to be enriched. 字面的意思是「我喜歡被充實。」引申為「我喜歡覺得充實。」（ = *I like to gain something from the film.* ）

Suspense is exciting. 中，suspense 的意思是「懸疑」，在此指「懸疑片」。在 *I enjoy drama and action.* 中，drama 的意思是「戲劇」，在此指「劇情片」；action 的意思是「行動」，在此指「動作片」。

【Unit 7-2 背景説明】

> *It was freezing cold.* 中的 freezing，是現在分詞當副詞用，修飾形容詞，如：What a *boiling* hot day!（好熱的天氣！）

I saw dozens of bumps. 字面的意思是「我看見數打的凸起部份。」引申為「我看到路上有很多凸起的東西。」路上凸起的部份，稱作 bump，如：We drove over several *bumps* in the road.（我們在路上開車，經過好幾處凸起的路面。）

3. *Global warming*.

Oceans rising.	海面上升。
Polar ice *melting*.	極地冰雪融化。
Predictions of *gloom* and *doom*.	預測絕望和毀滅。
More *typhoons*.	更多的颱風。
More *coastal* flooding.	更多的海水氾濫。
The world is *wetter*.	全世界會更常下雨。
Global warming.	全球暖化。
Climate change.	氣候變遷。
Most experts agree it *exists*.	大多數專家都同意，這種情況是存在的。

** ———————————————————

ocean[1] (ˋoʃən) *n.* 海洋　　rise[1] (raɪz) *v.* 上升

polar[5] (ˋpolɚ) *adj.* 南北極的　　melt[3] (mɛlt) *v.* 融化

prediction[6] (prɪˋdɪkʃən) *n.* 預測

gloom[5] (glum) *n.* 憂鬱；絕望

doom[6] (dum) *n.* 毀滅　　typhoon[2] (taɪˋfun) *n.* 颱風

coastal[1] (ˋkostḷ) *adj.* 沿岸的；沿海的

flooding[2] (ˋflʌdɪŋ) *n.* 洪水氾濫

wet[2] (wɛt) *adj.* 潮濕的；常下雨的

global[3] (ˋglobḷ) *adj.* 全球的

warming[1] (ˋwɔrmɪŋ) *n.* 暖化　　climate[2] (ˋklaɪmɪt) *n.* 氣候

expert[2] (ˋɛkspɝt) *n.* 專家　　exist[2] (ɪgˋzɪst) *v.* 存在

4. Disasters everywhere!

Earthquakes!	地震！
Tsunamis!	海嘯！
Disasters everywhere!	到處都是災難！
Civil wars.	內戰。
Famine and *starvation.*	饑荒和飢餓。
The *gods* must be angry.	衆神都生氣。
So many *accidents.*	有這麼多意外。
So many *catastrophes.*	有這麼多災難。
The world is a *scary* place.	這世界是個可怕的地方。

** ——————————————

earthquake[2] 〔ˈɝθ͵kwek 〕 *n.* 地震
tsunami 〔 tsuˈnɑmɪ 〕 *n.* 海嘯
disaster[4] 〔 dɪzˈæstɚ 〕 *n.* 災難   civil[3] 〔ˈsɪvl̩ 〕 *adj.* 國內的
war[1] 〔 wɔr 〕 *n.* 戰爭   *civil war* 內戰
famine[6] 〔ˈfæmɪn 〕 *n.* 饑荒   starvation[6] 〔 stɑrˈveʃən 〕 *n.* 飢餓
god[1] 〔 gɑd 〕 *n.* 神   accident[3] 〔ˈæksədənt 〕 *n.* 意外
catastrophe[6] 〔 kəˈtæstrəfɪ 〕 *n.* 大災難；災禍
scary[3] 〔ˈskɛrɪ 〕 *adj.* 可怕的

5. *I can't log in.*

I can't *log in*.	我無法登入。
I can't *access* the website.	我不能進入這個網站。
I need a computer *technician*.	我需要一位電腦技術人員。
My screen is *blank*.	我的螢幕是空白的。
My *monitor* won't work.	我的螢幕無法運作。
The *program* keeps *crashing*.	這程式一直當機。
I forgot my *password*.	我忘記我的密碼。
I can't get into my *account*.	我無法進入我的帳戶。
I'*m locked out*.	我被封鎖了。

**

log^2〔lɔg〕v. 把…記入航海（或飛行）日誌
log in 【電腦】註冊；登記；登入
access^4〔'æksɛs〕v. 存取（資料）；接近
website^4〔'wɛb,saɪt〕n. 網站
technician^4〔tɛk'nɪʃən〕n. 技術人員
screen^2〔skrin〕n. 螢幕　　blank^2〔blæŋk〕adj. 空白的
monitor^4〔'mɑnətɚ〕n. 顯示器；螢幕
work^1〔wɝk〕v. 運作　　program^3〔'progræm〕n. 程式
crash^3〔kræʃ〕v. 當機　　password^3〔'pæs,wɝd〕n. 密碼
account^3〔ə'kaʊnt〕n. 帳戶　　*lock out* 把…鎖在門外

6. I'm a contradiction.

I'm a *contradiction*.	我是個矛盾的人。
I have a *split personality*.	我有分裂的性格。
I'm *outgoing* and *introverted*.	我既外向又內向。
This makes me *distinct*.	這使我與衆不同。
I'm *remarkable*.	我很出色。
I'm truly *one of a kind*.	我真的是獨一無二。
I'm not *superior*.	我沒有比較好。
I'm not *inferior*.	我沒有比較差。
I'm just an *average* person.	我只是一般人。

UNIT 7

** ─────────────

contradiction⁶ 〔,kɑntrə'dɪkʃən 〕 *n.* 矛盾
split⁴ 〔 splɪt 〕 *adj.* 分裂的   personality³ 〔,pɝsn̩'ælətɪ 〕 *n.* 個性
outgoing⁵ 〔'aʊt,goɪŋ 〕 *adj.* 外向的
introverted 〔'ɪntrəvɝtɪd 〕 *adj.* 內向的
distinct⁴ 〔 dɪ'stɪŋkt 〕 *adj.* 不同的
remarkable⁴ 〔 rɪ'mɑrkəbl̩ 〕 *adj.* 出色的；值得注意的
one of a kind 獨一無二的；特別的【詳見「一口氣背會話」p.172 】
superior³ 〔 sə'pɪrɪɚ 〕 *adj.* 較優秀的
inferior³ 〔 ɪn'fɪrɪɚ 〕 *adj.* 較差的
average³ 〔'ævərɪdʒ 〕 *adj.* 一般的；普通的

7. *Save our planet*.

Save our *planet*.	拯救我們的星球。
Fight *pollution*.	對抗污染。
Protect the *environment*.	保護環境。
Conserve water.	節約用水。
Conserve *energy*.	節約能源。
Don't *dump* chemicals.	不要傾倒化學物質。
Plant trees.	種植樹木。
Think ecology.	要有環保意識。
Respect *Mother Nature*.	要尊重大自然。

**────────────────

save[1] 〔 sev 〕 v. 拯救　　planet[2] 〔'plænɪt 〕 n. 行星

fight[1] 〔 faɪt 〕 v. 對抗　　pollution[4] 〔 pə'luʃən 〕 n. 污染

protect[2] 〔 prə'tɛkt 〕 v. 保護

environment[2] 〔 ɪn'vaɪrənmənt 〕 n. 環境

conserve[5] 〔 kən'sɝv 〕 v. 節省；保護

energy[2] 〔'ɛnə·dʒɪ 〕 n. 能源　　dump[3] 〔 dʌmp 〕 v. 傾倒；拋棄

chemical[2] 〔'kɛmɪkḷ 〕 n. 化學物質　　plant[1] 〔 plænt 〕 v. 種植

ecology[6] 〔 ɪ'kɑlədʒɪ 〕 n. 生態學；生態（環境）

Think ecology.　要有環保意識。

respect[2] 〔 rɪ'spɛkt 〕 v. 尊敬；尊重　　*Mother Nature*　大自然

8. Do what needs doing!

Be a *keen observer*.	做個敏銳的觀察者。
Don't *hesitate*.	不要猶豫。
Do what *needs doing*!	做需要做的事！
Aid your classmates.	幫助同學。
Assist your teachers.	協助老師。
Fix the trouble.	解決麻煩。
Take the initiative.	要採取主動。
Be a *doer*.	當個行動家。
Be a *mover and shaker*.	當個有影響力的人。

UNIT 7

** ─────────────────

keen⁴ 〔 kin 〕 *adj.* 敏銳的   observer⁵ 〔 əb'zɝvɚ 〕 *n.* 觀察者
hesitate³ 〔 'hɛzə,tet 〕 *v.* 猶豫   aid² 〔 ed 〕 *v.* 幫助
assist³ 〔 ə'sɪst 〕 *v.* 協助   fix² 〔 fɪk 〕 *v.* 解決；處理
initiative⁶ 〔 ɪ'nɪʃɪ,etɪv 〕 *n.* 主動權
take the initiative 採取主動
doer¹ 〔 'duɚ 〕 *n.* 行動家；實踐者
mover¹ 〔 'muvɚ 〕 *n.* 行動者   shaker¹ 〔 'ʃekɚ 〕 *n.* 激勵者
mover and shaker 有影響力的人

【Unit 7-3 背景説明】

Oceans rising. 也可説成：Oceans *are* rising.（海面在上升。）*Polar ice melting*. 也可説成：Polar ice *is* melting.（極地的冰在融化。）*Predictions of gloom and doom*. 源自 *There are* predictions of gloom and doom.（預測絕望和毀滅。）

【Unit 7-4 背景説明】

Tsunamis!（海嘯！）(= *Tidal waves!*) 源自日語「津波」，雖然 7000 字未收錄，但考試中常出現。disaster（災難）的同義字有：catastrophe（大災難）、trouble（麻煩）、accident（意外）、tragedy（悲劇）、misfortune（不幸）。

The world is a scary place. 中的 scary 是指「可怕的」，可用 frightening 或 terrifying 來代替。也可説成：The world is going crazy.（這個世界要瘋了。）或 The world is not safe anymore.（這個世界不再安全了。）這些都是幽默的説法。

【Unit 7-5 背景説明】

爲什麼説 *I can't log in*. 不説 *I can't enter*. (誤)？log 的主要意思是「圓木」或「航海日誌」，當動詞時，是「把…記錄在航海或飛行日誌裡」，因爲航海或飛行日誌很重要，所以我們登入電腦的時候，就像寫航海日誌一樣。*I can't log in*. 也可説成：I can't log on.

I can't access the website. 也可説成：I can't enter the website.（我無法進入這個網站。）

I'm locked out. 的主要意思是「我被鎖在門外。」

A: Why are you standing out here?
（你為什麼站在這裡？）

B: *I'm locked out*. （我被鎖在門外。）

可引申為「我被封鎖了。」

A: Did you read the e-mail I sent?
（你有沒有看我寄的電子郵件？）

B: *I'm locked out* of my account. （我的帳號被封鎖了。）

在這裡的 *I'm locked out*. 源自 I'm locked out *of my account*. （我的帳號被封鎖了。）

【Unit 7-7 背景説明】

Think ecology. 是慣用句，一般字典查不到，只有網路上才有。也可説成：Think in terms of ecology. Think about ecology. 或 Think ecologically. 都表示「要有環保意識。」ecology 是「生態學；生態（環境）」，ecologist 是「生態學家；環境保護主義者」。

【Unit 7-8 背景説明】

Do what needs doing! 也可説成：Do what needs to be done! （做需要做的事情！）*Aid your classmates*. 可説成：Help your classmates. 或 Give a hand to your classmates. 都表示「幫助你的同學。」*Assist your teachers*. 可説成：Support your teachers. （支持你的老師。）或 Aid your teachers. （幫助你的老師。）（= *Help your teachers*.）*Fix the trouble*. 也可説成：Solve the problem. （解決問題。）

9. Crime never pays.

Crime never *pays*.	犯罪划不來。
Do nothing *illegal*.	別做非法的事。
Be a *law-abiding* citizen.	當個守法的公民。
Never *steal*.	絕不偷竊。
Never *shoplift*.	絕不順手牽羊。
You'll be *arrested*.	你會被逮捕。
Don't be *corrupt*.	別貪污。
Don't *gamble* big money.	別賭大筆的錢。
Don't *cheat on your taxes*.	別逃漏稅。

**————————————

crime² (kraɪm) *n.* 犯罪　　pay¹,³ (pe) *v.* 划得來
illegal² (ɪ'ligl̩) *adj.* 非法的
law-abiding⁵ ('lɔə,baɪdɪŋ) *adj.* 守法的【*abide by* 遵守】
citizen² ('sɪtəzn̩) *n.* 公民　　steal² (stil) *v.* 偷
shoplift⁶ ('ʃɑp,lɪft) *v.* 逛商店時行竊；順手牽羊
arrest² (ə'rɛst) *v.* 逮捕
corrupt⁵ (kə'rʌpt) *adj.* 貪污的；腐敗的
gamble³ ('gæmbl̩) *v.* 賭博；以⋯下注　　cheat² (tʃit) *v.* 欺騙
tax³ (tæks) *n.* 稅　　*cheat on one's taxes* 逃漏稅

10. *Practice home safety*.

Practice home safety.	要維護居家安全。
Prepare for *emergencies*.	要爲緊急情況做好準備。
Be ready for *accidents*.	要爲意外做好準備。
Practice *escaping* in the dark.	演練在黑暗中逃生。
Have *flashlights* handy.	要讓手電筒隨手可得。
Replace *batteries* often.	要常常更換電池。
No more *slippery* floors.	別再有滑溜的地板。
Put down *non-slip rugs*.	要放置防滑地毯。
Keep the bathroom *germfree*.	要使浴室保持無菌的狀態。

** ————————————————

practice[1] ﹝'præktɪs﹞*v.* 實行；實施；以…爲習慣
safety[2] ﹝'seftɪ﹞*n.* 安全   prepare[1] ﹝prɪ'pɛr﹞*v.* 準備
emergency[3] ﹝ɪ'mɝdʒənsɪ﹞*n.* 緊急情況
accident[3] ﹝'æksədənt﹞*n.* 意外   escape[3] ﹝ə'skep﹞*v.* 逃走
dark[1] ﹝dɑrk﹞*n.* 黑暗   flashlight[2] ﹝'flæʃ͵laɪt﹞*n.* 手電筒
handy[3] ﹝'hændɪ﹞*adj.* 在手邊的   replace[3] ﹝rɪ'ples﹞*v.* 更換
battery[4] ﹝'bætərɪ﹞*n.* 電池   slippery[3] ﹝'slɪpərɪ﹞*adj.* 滑的
put down 放下   non-slip[2] ﹝͵nɑn'slɪp﹞*adj.* 不滑的；防滑的
rug[3] ﹝rʌg﹞*n.* (小塊)地毯   bathroom[1] ﹝'bæθ͵rum﹞*n.* 浴室
germ[4] ﹝dʒɝm﹞*n.* 病菌；細菌   free[1] ﹝fri﹞*adj.* 沒有…的
germfree[4] ﹝'dʒɝm͵fri﹞*adj.* 無菌的

11. I'm optimistic.

I'm *optimistic*.	我很樂觀。
I'm *positive*.	我很樂觀。
My future looks *bright*.	我的未來看來一片光明。
I'm *capable*.	我有能力。
I'm *competent*.	我很能幹。
My goal is *explicit*.	我的目標很明確。
I'm seldom *blue*.	我很少感到憂鬱。
I'm seldom *depressed*.	我很少感到沮喪。
Pessimism is not for me.	我不喜歡悲觀。

** ──────────

optimistic[6] 〔,ɑptə'mɪstɪk 〕 *adj.* 樂觀的
positive[2] 〔'pɑzətɪv 〕 *adj.* 正面的;樂觀的
future[2] 〔'fjutʃə 〕 *n.* 未來　　bright[1] 〔 braɪt 〕 *adj.* 光明的
capable[3] 〔'kepəbl̩ 〕 *adj.* 有能力的;能幹的
competent[6] 〔'kɑmpətənt 〕 *adj.* 有能力的;能幹的
goal[2] 〔 gol 〕 *n.* 目標　　explicit[6] 〔 ɪk'splɪsɪt 〕 *adj.* 明確的
blue[4] 〔 blu 〕 *adj.* 憂鬱的
depressed[4] 〔 dɪ'prɛst 〕 *adj.* 沮喪的
pessimism[5] 〔'pɛsə,mɪzəm 〕 *n.* 悲觀
sth. **be not for** *sb.* 某事物不合某人之意

12. Half a loaf is better than none.

Don't be *greedy*.	不要貪心。
Curb your desires.	要克制你的慾望。
Appreciate what you have.	感激你所擁有的。
Be *thankful*.	要心存感激。
Some people are *desperate*.	有些人感到絕望。
They are *envious* of you.	他們很羨慕你。
Have *gratitude*.	要心存感激。
Count your *blessings*.	算算看你有多幸福。
Half a *loaf* is better than none.	聊勝於無。

**

greedy² 〔ˈgridɪ〕 *adj.* 貪心的   curb⁵ 〔kɝb〕 *v.* 抑制；控制
desire² 〔dɪˈzaɪr〕 *n.* 慾望   appreciate³ 〔əˈpriʃɪˌet〕 *v.* 感激
thankful³ 〔ˈθæŋkfəl〕 *adj.* 感激的
desperate⁴ 〔ˈdɛspərɪt〕 *adj.* 絕望的
envious⁴ 〔ˈɛnvɪəs〕 *adj.* 羨慕的   *be envious of* 羨慕
gratitude⁴ 〔ˈɡrætəˌtjud〕 *n.* 感激   count¹ 〔kaʊnt〕 *v.* 數
blessing⁴ 〔ˈblɛsɪŋ〕 *n.* 恩賜；幸福；幸運的事
loaf² 〔lof〕 *n.* 一條（麵包）
Half a loaf is better than none. 【諺】半條麵包總比沒有好；
　聊勝於無。【none 可用 no bread 來代替，但較少用】

【 Unit 7-9 背景說明 】

Crime never pays. 中，pay 在此是不及物動詞，表示「划得來」，例如：It doesn't *pay* to be dishonest. (不誠實划不來。) It doesn't *pay* to be late. (遲到划不來。)

Don't gamble big money. 也可說成：Don't bet more than you can lose. (不要賭超過你能輸的錢。)

【 Unit 7-10 背景說明 】

Put down non-slip rugs. 中，rug 是「小塊地毯」，而「整片的地毯」是 carpet。non-slip rug 是「防滑地毯」，可放在任何地方，也可說成 slip-resistant rug。

【 Unit 7-12 背景說明 】

Curb your desires. 可說成：Control your desires. (控制你的慾望。)

Be thankful. 可說成：Be grateful. 或 Be appreciative. 都表示「要心存感激。」也可說成：*Have gratitude*. 或 Show appreciation. 意思相同。

Count your blessings. 中，count 是「計算；數」，blessing 是「幸福；幸運的事」，也就是「算算看你有多幸福。」如：①有好的家庭 (*have a good family*)、②有好的社交生活 (*have a good social life*)、③住在好的地區 (*live in a good neighborhood*)。*They are envious of you*. 也可說成：They envy you. 或 They admire you. (他們羨慕你。)

Unit 7 總複習

背至 2 分鐘之內，變成直覺，終生不會忘記。

1. I'm a big *cinema* fan.
   I'*m keen on* great movies.
   But I'm very *selective*.

   I prefer *sophisticated* films.
   I like to be *enriched*.
   I want to be *enlightened*.

   Suspense is exciting.
   I enjoy *drama* and action.
   I love to *speculate*.

2. It was past *midnight*.
   It was *freezing cold*.
   I was *returning* home.

   I saw a *pitiful* sight.
   I saw dozens of *bumps*.
   Men on the ground under
      blankets.

   It was *shocking*.
   What a *crisis*!
   There's no *solution*.

3. *Oceans* rising.
   Polar ice *melting*.
   Predictions of *gloom* and *doom*.

   More *typhoons*.
   More *coastal* flooding.
   The world is *wetter*.

   Global warming.
   Climate change.
   Most experts agree it *exists*.

4. *Earthquakes!*
   Tsunamis!
   Disasters everywhere!

   Civil wars.
   Famine and *starvation*.
   The *gods* must be angry.

   So many *accidents*.
   So many *catastrophes*.
   The world is a *scary* place.

5. I can't *log in*.
   I can't *access* the website.
   I need a computer *technician*.

   My screen is *blank*.
   My *monitor* won't work.
   The *program* keeps *crashing*.

   I forgot my *password*.
   I can't get into my *account*.
   I'*m locked out*.

6. I'm a *contradiction*.
   I have a *split personality*.
   I'm *outgoing* and *introverted*.

   This makes me *distinct*.
   I'm *remarkable*.
   I'm truly *one of a kind*.

   I'm not *superior*.
   I'm not *inferior*.
   I'm just an *average* person.

UNIT 7

UNIT 7

7. Save our *planet*.
Fight *pollution*.
Protect the *environment*.

Conserve water.
Conserve *energy*.
Don't *dump* chemicals.

Plant trees.
Think ecology.
Respect *Mother Nature*.

8. Be a *keen observer*.
Don't *hesitate*.
Do what *needs doing*!

Aid your classmates.
Assist your teachers.
Fix the trouble.

Take the initiative.
Be a *doer*.
Be a *mover and shaker*.

9. *Crime* never *pays*.
Do nothing *illegal*.
Be a *law-abiding* citizen.

Never *steal*.
Never *shoplift*.
You'll be *arrested*.

Don't be *corrupt*.
Don't *gamble* big money.
Don't *cheat on your taxes*.

10. *Practice* home safety.
Prepare for *emergencies*.
Be ready for *accidents*.

Practice *escaping* in the dark.
Have *flashlights* handy.
Replace *batteries* often.

No more *slippery* floors.
Put down *non-slip rugs*.
Keep the bathroom *germfree*.

11. I'm *optimistic*.
I'm *positive*.
My future looks *bright*.

I'm *capable*.
I'm *competent*.
My goal is *explicit*.

I'm seldom *blue*.
I'm seldom *depressed*.
Pessimism is not for me.

12. Don't be *greedy*.
Curb your desires.
Appreciate what you have.

Be *thankful*.
Some people are *desperate*.
They are *envious* of you.

Have *gratitude*.
Count your *blessings*.
Half a *loaf* is better than none.

Unit 8

1. Today is Valentine's Day. 今天是情人節。

2. My cousin got married. 我的表弟結婚了。

3. Mark is brilliant. 馬克很優秀。

4. You are my sweetest love. 妳是我的至愛。

5. She's stubborn. 她很頑固。

6. You're a sweet talker. 你真會說話。

7. Be sincere. 要真誠。

8. Agreeing 表示同意

9. What an angel! 多麼可愛的天使！

10. Secrets to Happiness 幸福的秘訣

11. I feel so relaxed. 我感到很放鬆。

12. Ending a Telephone Conversation 結束電話交談

【劇情介紹】…………

　　從上一回的聊勝於無，想到有情人總比沒有好，而 "Today is Valentine's Day." 聽到一件令人驚喜的事，"My cousin got married."，他叫馬克，"Mark is brilliant."，終於找到真愛，求婚當天，他對女朋友說 "You are my sweetest love."。她一開始不敢相信，"She's stubborn."，對馬克說 "You're a sweet talker." 求婚不是兒戲，"Be sincere." 看到馬克認真的表情，她最後 "Agreeing"。一年後，有了一個小孩，可愛的模樣，大家看了都說："What an angel!" 成立一個家庭，就是 "Secrets to Happiness"。得知他們的喜事，"I feel so relaxed." 打電話恭賀他們喜獲千金，我 "Ending a Telephone Conversation"。

Unit 8 ➤ Conversations

1. A: Today is Valentine's Day.
（今天是情人節。）

B: Will you see your sweetheart?
（你要不要去看你的情人？）

2. A: My cousin got married.
（我的表弟結婚了。）

B: Congratulations!（恭喜！）

3. A: Mark is brilliant.（馬克很優秀。）

B: Very true.（的的確確。）

4. A: You're my sweetest love.
（你是我的至愛。）

B: You're a sweet talker.
（你真會說話。）

5. A: What an angel!（多麼可愛的天使！）

B: She's cute.（她很可愛。）

6. A: I feel so relaxed.
（我感到很放鬆。）

B: Me, too.（我也是。）

7. A: Be sincere.（要真誠。）

B: I'm being sincere.（我的確是真誠的。）

8. A: She's stubborn.（她很頑固。）

B: That's true.（沒錯。）

1. Today is Valentine's Day.

Track 8 Unit 8

Today is *Valentine's Day*.	今天是情人節。
Do you have a *sweetheart*?	你有愛人嗎？
All lovers *celebrate*.	所有的情侶都在慶祝。
Buy her some flowers.	買給她一些花。
Buy her some *chocolate*.	買給她一些巧克力。
Give your lover a *card*.	給你的愛人一張卡片。
Have dinner at a *fancy* restaurant.	去一家高級的餐廳吃晚餐。
Take a stroll in the park.	在公園散步。
Enjoy each other's *company*.	享受彼此的陪伴。

UNIT 8

** ──────────────

Valentine's Day 〔ˈvælənˌtaɪnzˈde 〕 *n.* 情人節
sweetheart[1] 〔ˈswitˌhɑrt 〕 *n.* 親愛的；愛人
lover[2] 〔ˈlʌvɚ 〕 *n.* 愛人；情人   celebrate[3] 〔ˈsɛləˌbret 〕 *v.* 慶祝
chocolate[2] 〔ˈtʃɔkəlɪt 〕 *n.* 巧克力   card[1] 〔 kɑrd 〕 *n.* 卡片
have[1] 〔 hæv 〕 *v.* 吃   fancy[3] 〔ˈfænsɪ 〕 *adj.* 昂貴的；高級的
stroll[5] 〔 strol 〕 *n.* 散步；漫步
take a stroll 散步 (= *take a walk*)
enjoy[2] 〔 ɪnˈdʒɔɪ 〕 *v.* 享受   *each other* 彼此
company[2] 〔ˈkʌmpənɪ 〕 *n.* 陪伴

2. *My cousin got married*.

My *cousin* got married.	我的表弟結婚了。
It was a *huge* wedding.	這是個盛大的婚禮。
All my *relatives* were there.	我所有的親戚都到了。
It was a *feast*.	這是場盛宴。
It was a traditional *banquet*.	這是個傳統的喜宴。
It was a *sentimental* party.	這是個令人感傷的宴會。
What a *celebration*!	多麼棒的慶祝活動！
The entertainment was *outstanding*.	娛樂活動非常棒。
There were speeches, jokes, and *toasts*.	有演講、笑話，和敬酒。

UNIT 8

**

cousin² 〔ˈkʌzn̩〕 *n.* 表（堂）兄弟姊妹
married¹ 〔ˈmærɪd〕 *adj.* 結婚的　　huge¹ 〔hjudʒ〕 *adj.* 巨大的
wedding¹ 〔ˈwɛdɪŋ〕 *n.* 婚禮　　relative⁴ 〔ˈrɛlətɪv〕 *n.* 親戚
feast⁴ 〔fist〕 *n.* 盛宴　　traditional² 〔trəˈdɪʃənl〕 *adj.* 傳統的
banquet⁵ 〔ˈbæŋkwɪt〕 *n.* 宴會
sentimental⁶ 〔ˌsɛntəˈmɛntl̩〕 *adj.* 多愁善感的；感傷的
celebration⁴ 〔ˌsɛləˈbreʃən〕 *n.* 慶祝活動
entertainment⁴ 〔ˌɛntəˈtenmənt〕 *n.* 娛樂
outstanding⁴ 〔ˈaʊtˈstændɪŋ〕 *adj.* 傑出的；出色的
speech¹ 〔spitʃ〕 *n.* 演講　　toast² 〔tost〕 *n.* 敬酒；乾杯

3. *Mark is brilliant.*

Mark is *brilliant.*	馬克很優秀。
He's quite *remarkable.*	他相當出色。
He's a very *intelligent* guy.	他是非常聰明的人。
He's *exceptional.*	他出眾。
He's *extraordinary.*	他非凡。
He's a *genius.*	他是天才。
He's *humble* and *modest.*	他非常謙虛。
His *IQ* and *EQ* are high.	他的智商和情商都很高。
Everyone *marvels at* Mark.	每個人都對馬克感到驚奇。

UNIT 8

** ————————————

brilliant³ ('brıljənt) *adj.* 優秀的
quite¹ (kwaıt) *adv.* 相當；非常
remarkable⁴ (rı'markəb!) *adj.* 出色的
intelligent⁴ (ın'tɛlədʒənt) *adj.* 聰明的   guy² (gaı) *n.* 人
exceptional⁵ (ık'sɛpʃən!) *adj.* 特別的；出眾的
extraordinary⁴ (ık'strɔrdn̩͵ɛrı) *adj.* 不尋常的；非凡的
genius⁴ ('dʒinjəs) *n.* 天才   humble² ('hʌmb!) *adj.* 謙卑的
modest⁴ ('madıst) *adj.* 謙虛的
IQ⁶ ('aı'kju) *n.* 智商 (= *intelligence quotient*)
EQ⁶ ('i'kju) *n.* 情緒商數 (= *emotional quotient*)
marvel⁵ ('marv!) *v.* 驚奇   *marvel at* 對…感到驚奇

【 Unit 8-2 背景説明 】

> ***My cousin got married.*** 也可説成：My cousin married. (我的表弟結婚了。) My cousin just got married. (我的表弟剛結婚。) My cousin recently married. (我的表弟最近結婚了。) cousin 可指「表、堂兄弟姐妹」的任何一個，美國人的思想裡，沒像中國人分那麼清楚。

> ***It was a sentimental party.*** 爲什麼用 sentimental (多愁善感的；感傷的) 呢？因爲婚禮是家族大事，親朋好友都來，嫁女兒有人可能會哭。

> ***What a celebration!*** 中，celebration 的主要意思是「慶祝」，在這裡作「慶祝活動」解。婚禮結束後，接下來就是「慶祝活動」。這句話的意思是「多麼棒的慶祝活動！」

【 Unit 8-3 背景説明 】

> ***He's humble and modest.*** 中，humble 和 modest 是同義字，用 and 連接兩個同義字，有加強語氣的作用，所以翻成「他非常謙虛。」

> ***Everyone marvels at Mark.*** 中的 marvel 不好記，但它的形容詞 marvelous(很棒的) 就很常用。***marvel at*** 是「對⋯感到驚奇」(= *be surprised by*)。也可説成：Everyone is impressed by Mark. 「每個人都對馬克印象深刻。」或「每個人都佩服馬克。」(= *Everyone admires Mark.*)

4. You are my sweetest love.

You are my *sweetest* love.	妳是我的至愛。
You *brighten* my day.	妳使我很快樂。
You *mean* so much to me.	妳對我非常重要。
I *long for* you.	我想和妳在一起。
I *care for* you.	我很在乎妳。
You are so *dear* to me.	妳是我心愛的人。
You have good *taste*.	妳的品味很好。
You have a good *sense of humor*.	妳很有幽默感。
You are my *destiny*.	妳是我的真命天女。

UNIT 8

** ————————

sweet[1] 〔swit〕*adj.* 迷人的;漂亮的;可愛的

love[1] 〔lʌv〕*n.* 愛人

brighten[1] 〔ˈbraɪtn〕*v.* 使發亮;使愉快

***brighten** one's day* 使某人高興

mean[1] 〔min〕*v.* 有意義;有重要性

***long for** sb.* 渴望某人;想和某人在一起

care for 關心;在乎   dear[1] 〔dɪr〕*adj.* 親愛的;心愛的

taste[1] 〔test〕*n.* 品味   sense[1] 〔sɛns〕*n.* 感覺;感受

humor[2] 〔ˈhjumɚ〕*n.* 幽默   ***a sense of humor*** 幽默感

destiny[5] 〔ˈdɛstənɪ〕*n.* 命運

5. She's stubborn.

She's *stubborn*.	她很頑固。
She's *obstinate*.	她很固執。
I can't *change her mind*.	我無法改變她的心意。
She seldom *yields*.	她很少屈服。
She won't *compromise*.	她不會妥協。
That's her *style*.	那是她的風格。
She is *persistent*.	她很堅持。
She can't be *persuaded*.	她無法被說服。
Nothing can be done.	無計可施。

**

stubborn³〔'stʌbən〕 *adj.* 頑固的
obstinate⁵〔'ɑbstənɪt〕 *adj.* 頑固的;固執的
change one's mind 改變心意
yield⁵〔jild〕 *v.* 屈服
compromise⁵〔'kɑmprə,maɪz〕 *v.* 妥協
style³〔staɪl〕 *n.* 風格
persistent⁶〔pə'zɪstənt〕 *adj.* 堅持不懈的;固執的
persuade³〔pə'swed〕 *v.* 說服

6. You're a sweet talker.

You're a *sweet talker*.	你真會說話。
You're *persuasive*.	你很有說服力。
I know you *mean well*.	我知道你是好意。
You *promise* this and that.	你答應這個那個。
You *guarantee* everything.	你保證每件事。
But you never *deliver*.	但是你從未履行。
You *inevitably* fail us.	你必定會讓我們失望。
You *consistently* disappoint us.	你老是讓我們失望。
But we still *believe in* you.	但我們還是相信你。

UNIT 8

** ───────────────

sweet talker 說甜言蜜語的人；花言巧語的人
persuasive⁴ 〔pɚ'swesɪv〕*adj.* 有說服力的
mean¹ 〔min〕*v.* 意思是；懷抱 (意圖)
mean well 是好意   promise² 〔'prɑmɪs〕*v.* 承諾；答應
guarantee⁴ 〔͵gærən'ti〕*v.* 保證   deliver² 〔dɪ'lɪvɚ〕*v.* 履行
inevitably⁶ 〔ɪn'ɛvətəblɪ〕*adv.* 必定
fail² 〔fel〕*v.* 辜負；使失望
consistently⁴ 〔kən'sɪstəntlɪ〕*adv.* 一貫地；一直；老是
disappoint³ 〔͵dɪsə'pɔɪnt〕*v.* 使失望   *believe in* 相信；信任

【Unit 8-4 背景說明】

You brighten my day. 字面的意思是「妳照亮了我的日子。」引申爲「妳使我很快樂。」(= *You make me feel happier.*) 可說成：You brighten my life. 也可加強語氣說成：You brighten up my life. 都表示「妳照亮了我的生命。」

I long for you. 也可說成：I wish to be with you. (我想和你在一起。)

You are my destiny. 字面的意思是「你是我的命運。」引申爲「你是我的眞命天女；我註定要和妳在一起。」(= *I'm destined to be with you.*)

【Unit 8-6 背景說明】

You're a sweet talker. 有正反兩面的意思，可指「你很會說話。」或「你很會花言巧語。」依上下文來決定。可加長爲：*You're a sweet talker* who says what we want to hear. (你眞會說話，會說我們想聽的。) *You're a sweet talker* who can't be trusted. (你眞會花言巧語，不值得信任。)

But you never deliver. 可說成：You never deliver on your promise. (你從未履行諾言。) deliver 的主要意思是「遞送」，在此作「履行」或「兌現」承諾的事 (= *do something that you have promised to do*)。也可說成：But you never fulfill your promise. (但你從未履行諾言。)

7. Be sincere.

Be *sincere*.	要眞誠。
Tell only *facts*.	只說事實。
Give us the *details*.	告訴我們細節。
Be *honorable*.	要誠實。
Tell the *truth*.	說眞話。
Speak from the *heart*.	說眞心話。
Don't *boast*.	不要吹噓。
Don't *exaggerate*.	不要誇大。
Just tell what *happened*.	只說發生什麼事。

UNIT 8

** ————————————————

sincere[3] 〔 sɪn'sɪr 〕 *adj.* 眞誠的
fact[1] 〔 fækt 〕 *n.* 事實   detail[3] 〔'ditel 〕 *n.* 細節
honorable[4] 〔'ɑnərəbl̩ 〕 *adj.* 榮譽的；誠實的；可尊敬的
truth[2] 〔 truθ 〕 *n.* 事實；眞相
heart[1] 〔 hɑrt 〕 *n.* 心   ***from the heart*** 從內心；眞心地
boast[4] 〔 bost 〕 *v.* 誇耀；吹噓
exaggerate[4] 〔 ɪg'zædʒəˌret 〕 *v.* 誇大；誇張
happen[1] 〔'hæpən 〕 *v.* 發生

8. Agreeing

Sure.	當然。
Right on!	你說得非常正確！
You got it.	我同意。
You bet.	當然。
Absolutely.	一點也沒錯。
By all means.	當然。
Well said.	說得好。
That works for me.	我同意。
I'll drink to that!	我完全同意！

** ————————————————

agree[1] 〔ə'gri〕 v. 同意
Right on! 對啊！；正是！；說得好！
You got it. 你懂了；我同意。　　bet[2] 〔bɛt〕 v. 打賭
You bet. 當然。(= *Of course*.)
absolutely[4] 〔'æbsə,lutlɪ〕 adv. 絕對地；完全地
by all means 當然　　work[1] 〔wɜk〕 v. 可以；行得通
That works for me. 我同意。
drink to 為⋯乾杯　　*I'll drink to that!* 我完全同意！

UNIT 8

【Unit 8-7 背景説明】

    Tell only facts. 也可説成：Speak only of the facts.（只提到事實。）*Give us the details.* 也可説成：Tell us the details.（告訴我們細節。）

    Just tell what happened. 也可説成：Just tell us what happened.（只要告訴我們發生什麼事。）

【Unit 8-8 背景説明】

    在聽外國人講話的時候，不能老説：Yes.（是的。）、Right.（對。）、You're right.（你説得對。）這一回九句是最好的選擇。

    Right on! 也可説成：You're right on the money!（你説得非常正確！）源自美國輪盤賭博，你剛好把籌碼放在赢的數字上。【詳見「一口氣背會話」p.594】*You got it.* 字面的意思是「你拿到了。」依上下文可引申爲：①你懂了；你知道該怎麼做。(= *You know what to do.*)②我同意。(= *I agree.*)③沒問題。(= *O.K.* = *No problem.*)【詳見「一口氣背會話」p.40】

    You bet. 字面的意思是「你打賭看看。」引申爲「當然；的確。」(= *Of course.*)

    A: Are you coming, too?（你也會來嗎？）
    B: *You bet.*（當然。）
    A: Can you do it?（你能做到嗎？）
    B: *You bet.*（當然。）

UNIT 8

Absolutely. 主要的意思是「完全地；絕對地」，在這裡是「一點也沒錯；的確。」

> A: She really is a beautiful woman.
> （她真是個美女。）
> B: ***Absolutely***. （一點也沒錯。）

By all means. 的意思是「當然；可以；好的。」

> A: Can I sit here? （我可以坐這裡嗎？）
> B: ***By all means***. （當然。）

Well said. 是「說得好。」Well done 是「做得好。」

> A: Taxes are too high! （稅太高了！）
> B: ***Well said***. （說得好。）

That works for me. 中，work 表「可以；行得通」。這句話字面的意思是「那對我來說行得通。」也就是「我同意。」(= *I agree*.)

> A: Let's meet in the dining room.
> （我們在餐廳見。）
> B: ***That works for me***. （我同意。）

I'll drink to that! 字面的意思是「我會為它乾杯！」引申為「我完全同意！」(= *I totally agree!*)

> A: The weather is terrible. （天氣很糟。）
> B: ***I'll drink to that!*** （我完全同意！）

9. *What an angel!*

What an *angel*!	多麼可愛的天使！
She's *delightful*.	她真討喜。
Cute as a *button*.	非常可愛。
She has a *lovely* face.	她有可愛的臉龐。
Beautiful *features*.	漂亮的五官。
Fair skin.	白晰的皮膚。
She's a *princess*.	她是個公主。
How *adorable*!	真可愛！
She's a *great-looking* kid.	她是個好看的孩子。

UNIT 8

** ——————————————

angel[3] 〔'endʒəl 〕 *n.* 天使

delightful[4] 〔 dɪ'laɪtfəl 〕 *adj.* 令人愉快的

cute[1] 〔 kjut 〕 *adj.* 可愛的   button[2] 〔'bʌtn̩ 〕 *n.* 鈕釦

cute as a button 非常可愛

lovely[2] 〔'lʌvlɪ 〕 *adj.* 可愛的；美麗的

features[3] 〔'fitʃəz 〕 *n. pl.* 相貌；五官

fair[2] 〔 fɛr 〕 *adj.* (皮膚) 白晰的   princess[2] 〔'prɪnsɪs 〕 *n.* 公主

adorable[5] 〔 ə'dorəbl̩ 〕 *adj.* 可愛的；迷人的

great-looking[1] *adj.* 好看的；漂亮的   kid[1] 〔 kɪd 〕 *n.* 小孩

10. Secrets to Happiness

Volunteer to help.	要自願幫忙。
Donate money.	捐贈金錢。
Sacrifice your time.	犧牲你的時間。
Share and give.	要分享和給與。
Encourage and *inspire*.	鼓勵和激勵。
Compliment and *praise* others.	讚美和稱讚別人。
Serve the *needy*.	要服務貧苦。
Show *sympathy*.	表示同情。
Keep a low *profile*.	保持低調。

UNIT 8

** ——————————————————

secret[2] ('sikrɪt) *n.* 祕訣 < *to* >
volunteer[4] (,vɑlən'tɪr) *v.* 自願   donate[6] ('donet) *v.* 捐贈
sacrifice[4] ('sækrə,faɪs) *v.* 犧牲   share[2] (ʃɛr) *v.* 分享
encourage[2] (ɪn'kɝɪdʒ) *v.* 鼓勵   inspire[4] (ɪn'spaɪr) *v.* 激勵
compliment[5] ('kɑmplə,mɛnt) *v.* 讚美
praise[2] (prez) *v.* 稱讚   serve[1] (sɝv) *v.* 服務
needy[4] ('nidɪ) *adj.* 貧窮的   *the needy* 窮人 (= *needy people*)
show[1] (ʃo) *v.* 表現   sympathy[4] ('sɪmpəθɪ) *n.* 同情；憐憫
profile[5] ('profaɪl) *n.* 輪廓；外形   *low profile* 低調
keep a low profile 保持低調

11. I feel so relaxed.

I feel so *relaxed*.	我感到很放鬆。
I'm *walking on air*.	我非常高興。
I'm *over the moon*.	我非常高興。
I feel *thrilled*.	我覺得很興奮。
I'm *tickled pink*.	我非常高興。
I'm *in seventh heaven*.	我高興極了。
I *adore* it here.	我很喜歡這裡。
Everyone is so *welcoming*.	每個人都很熱情。
I feel *right* at home.	我感到非常自在。

** ──────────────────────

relaxed³ 〔 rɪ'lækst 〕 *adj.* 放鬆的
walking on air 非常高興   ***over the moon*** 非常高興
thrilled⁵ 〔 θrɪld 〕 *adj.* 興奮的   tickle³ 〔'tɪkl̩ 〕 *v.* 搔癢
tickled pink 非常高興的   ***in seventh heaven*** 高興極了
adore⁵ 〔 ə'dor 〕 *v.* 非常喜愛
welcoming¹ 〔'wɛlkəmɪŋ 〕 *adj.* 熱情的；好客的
right¹ 〔 raɪt 〕 *adv.* 完全地（ = *completely* ）
feel at home 感到自在   ***feel right at home*** 感到非常自在

12. Ending a Telephone Conversation

The *doorbell* is ringing.	門鈴在響了。
Nice *chatting* with you.	很高興和你聊天。
Let's *do lunch* sometime.	我們找時間吃午餐吧。
Wow, I'm late.	哇,我遲到了。
Look, I'll call you.	哎,我會打給你。
Sorry, but I must go.	抱歉,我必須走了。
Keep me posted.	保持連絡。
Something *urgent* has come up.	有緊急的事發生了。
Catch you later.	待會見。

**

doorbell〔'dɔr͵bɛl〕*n.* 門鈴
ring¹〔rɪŋ〕*v.*(鈴)響　　chat³〔tʃæt〕*v.* 聊天
do lunch 見面吃午餐　　sometime³〔'sʌm͵taɪm〕*adv.* 某時
wow〔waʊ〕*interj.* 哇　　look¹〔lʊk〕*interj.* 你看;注意;哎
post²〔post〕*n.* 郵政　*v.* 張貼　*Keep me posted.* 保持連絡。
urgent⁴〔'ɝdʒənt〕*adj.* 迫切的;緊急的
come up 發生　*Catch you later.* 待會見。

【**Unit 8-10 背景説明**】

　　這一回九句話，是快樂的祕訣。我們不僅學英文，而且還從中學到很多知識。

　　Share and give. Encourage and inspire. Compliment and praise others. 都是由 and 連接兩個同義的動詞，以加強語氣。

　　Serve the needy. 也可説成：Serve the poor.（爲窮人服務。）***Show sympathy***. 可加長爲：Show sympathy *for the poor*.（對窮人要有同情心。）

【**Unit 8-11 背景説明**】

　　I feel so relaxed. 也可説成：I feel so comfortable.（我感覺很舒服。）relax（放鬆）是動詞，relaxed 已經變成形容詞了。***I'm walking on air***. 字面的意思是「我走在空氣上。」人在高興的時候，走路很輕鬆，飄飄然，引申爲「我非常高興。」（= *I'm extremely happy*.）***I'm over the moon***. 源自「我高興得跳過月亮。」（*I'm so happy I could jump over the moon*.）引申爲「我非常高興。」（= *I'm very happy*.）接受詞要用 about，如：She's ***over the moon about*** the new baby.（新生兒讓她很高興。）

　　I feel thrilled. 中，thrill（使興奮；使非常高興）是情感動詞，三句話學會 thrill 的用法：

　　　　It *thrills* me.（它使我興奮。）

　　　　= I'm *thrilled*.（我很興奮。）

　　　　= It's *thrilling* to me.（它令我興奮。）

I'm tickled pink. 中，tickle 是「搔癢」，pink 是「粉紅色的」，tickled pink 是慣用語，指「非常高興的」(= *very pleased*)。*I'm in seventh heaven*. 字面的意思是「我在七重天上。」引申爲「我高興極了。」原則上，序數要加定冠詞，如 Lesson One = the first lesson (第一課)，Chapter One = the first chapter (第一章)，但 *in seventh heaven* 爲例外，沒有 the。

I adore it here. 可說成：I love it here. 或 I like it here. 都表示「我很喜歡這裡。」不能說成：*I adore here*. (誤) 因爲 here 是副詞，不可做 adore 的受詞。

Everyone is so welcoming. 中，welcoming 是形容詞，作「熱情的；好客的」解。這句話可加強語氣說成：Everyone is so friendly and welcoming. (每個人都非常友善和熱情。) *I feel right at home*. 字面的意思是「我覺得就像在家。」引申爲「我感到非常自在。」

【 Unit 8-12 背景說明 】

講電話時，想要結束和對方談話，外國人和中國人一樣，往往會找藉口，他們常說的是：*The doorbell is ringing. I'll call you back*. (門鈴響了。我會回電話給你。) 或 There's someone on the other line. I must say good-bye now. (另一線有人打來。我現在必須說再見了。)

Nice chatting with you. 源自 It's been nice chatting with you. (和你聊天很愉快。) 美國人也常說：It's been fun talking to you. (和你談話很有趣。) 跟別人說再見，

爲了怕別人難過，會説：*Let's do lunch sometime.* 也可説
成：Let's grab lunch sometime. 或 Let's have lunch
sometime. 意思是「我們找時間吃午餐吧。」奇怪，就是
不説：*Let's eat lunch sometime.*（誤）在餐桌上才會説：
Let's eat.（我們吃吧。）

   Wow, I'm late. 也可説成：Oh, no, I'm late.（喔，不，
我遲到了。）*Look, I'll call you.* 中，look 是感歎詞，是「瞧；
你看；哎；喂；注意」，如：*Look,* I don't want to talk
about this.（哎，關於這個，我不想談。）*Look,* I have to
go.（哎，我必須走了。）*Look,* it's getting late.（你看，
時間越來越晚了。）*Look,* I don't have time right now.
（你看，我現在沒有時間。）*Sorry, but I must go.* 源自：
I'm sorry, but I must go.（抱歉，我必須走了。）在中國人
的思想中，覺得 I'm sorry 後應接 because，但美國人不用。
Sorry, because I must go.（誤）記住，Sorry 後須用 but，
源自：I wish I could, but I must go.（我希望我能留下來，
但是我必須走了。）（= *I wish I could stay, but I must go.*）

   Keep me posted. 中，post 當動詞，主要的意思是「郵寄」
或「張貼」，這句話字面的意思是「使我一直被張貼。」引申
爲「讓我知道最新消息。」（= *Let me know what's going on.*）
或「保持連絡。」（= *Keep in touch.*）

   Something urgent has come up. 也可簡單説成：
Something has come up.（有事情發生了。）【詳見「一口氣背
會話」p.1050】*Catch you later.* 也可説成：See you later.（待
會見。）在電話中，即使沒看到人，也可用 catch 或 see。

Unit 8 總複習

背至 2 分鐘之內，變成直覺，終生不會忘記。

1. Today is *Valentine's Day*.
   Do you have a *sweetheart*?
   All lovers *celebrate*.

   Buy her some flowers.
   Buy her some *chocolate*.
   Give your lover a *card*.

   Have dinner at a *fancy* restaurant.
   Take a stroll in the park.
   Enjoy each other's *company*.

2. My *cousin* got married.
   It was a *huge* wedding.
   All my *relatives* were there.

   It was a *feast*.
   It was a traditional *banquet*.
   It was a *sentimental* party.

   What a *celebration*!
   The entertainment was *outstanding*.
   There were speeches, jokes, and
     toasts.

3. Mark is *brilliant*.
   He's quite *remarkable*.
   He's a very *intelligent* guy.

   He's *exceptional*.
   He's *extraordinary*.
   He's a *genius*.

   He's *humble* and *modest*.
   His *IQ* and *EQ* are high.
   Everyone *marvels at* Mark.

4. You are my *sweetest* love.
   You *brighten* my day.
   You *mean* so much to me.

   I *long for* you.
   I *care for* you.
   You are so *dear* to me.

   You have good *taste*.
   You have a good *sense of
     humor*.
   You are my *destiny*.

5. She's *stubborn*.
   She's *obstinate*.
   I can't *change her mind*.

   She seldom *yields*.
   She won't *compromise*.
   That's her *style*.

   She is *persistent*.
   She can't be *persuaded*.
   Nothing can be done.

6. You're a *sweet talker*.
   You're *persuasive*.
   I know you *mean well*.

   You *promise* this and that.
   You *guarantee* everything.
   But you never *deliver*.

   You *inevitably* fail us.
   You *consistently* disappoint us.
   But we still *believe in* you.

UNIT 8

7. Be *sincere*.
   Tell only *facts*.
   Give us the *details*.

   Be *honorable*.
   Tell the *truth*.
   Speak from the *heart*.

   Don't *boast*.
   Don't *exaggerate*.
   Just tell what *happened*.

8. *Sure*.
   Right on!
   You got it.

   You bet.
   Absolutely.
   By all means.

   Well said.
   That works for me.
   I'll drink to that!

9. What an *angel*!
   She's *delightful*.
   Cute as a *button*.

   She has a *lovely* face.
   Beautiful *features*.
   Fair skin.

   She's a *princess*.
   How *adorable*!
   She's a *great-looking* kid.

10. *Volunteer* to help.
    Donate money.
    Sacrifice your time.

    Share and give.
    Encourage and *inspire*.
    Compliment and *praise* others.

    Serve the *needy*.
    Show *sympathy*.
    Keep a low *profile*.

11. I feel so *relaxed*.
    I'm *walking on air*.
    I'm *over the moon*.

    I feel *thrilled*.
    I'm *tickled pink*.
    I'm *in seventh heaven*.

    I *adore* it here.
    Everyone is so *welcoming*.
    I feel *right* at home.

12. The *doorbell* is ringing.
    Nice *chatting* with you.
    Let's *do lunch* sometime.

    Wow, I'm late.
    Look, I'll call you.
    Sorry, *but* I must go.

    Keep me posted.
    Something *urgent* has come up.
    Catch you later.

Unit 9

1. Brevity is the soul of wit. 言以簡潔為貴。
2. Silence is golden. 沈默是金。
3. Don't say cripple. 別說跛子。
4. Rude people. 無禮的人。
5. Look before you leap. 三思而行。
6. Seize the day. 把握時機。
7. Never do things by halves. 勿半途而廢。
8. Show good sportsmanship. 展現良好的運動家精神。
9. Don't be a workaholic. 別當工作狂。
10. Extreme right is extreme wrong. 過猶不及。
11. What are the keys to success? 成功的祕訣是什麼？
12. Man must be moving. 人不動就是廢物。

【劇情介紹】⋯⋯⋯⋯⋯

　　從上一回的結束電話交談，想到講電話，"Brevity is the soul of wit."，要惜字如金，"Silence is golden."，言多必失。看到行動不便的人，"Don't say cripple."，這樣會被認為是 "Rude people."。做任何事都要 "Look before you leap."，並 "Seize the day."，叮嚀自己 "Never do things by halves."，就如運動一樣，就算落後，也要 "Show good sportsmanship."。不過也不能太勉強自己，"Don't be a workaholic."，要知道 "Extreme right is extreme wrong."。綜合以上，"What are the keys to success?" 簡而言之："Man must be moving."。

Unit 9 ➤ Conversations

1. A: Brevity is the soul of wit.
   （言以簡潔為貴。）

   B: Right.（對。）

2. A: Silence is golden.（沉默是金。）

   B: Indeed.（的確。）

3. A: Look before you leap.（三思而行。）

   B: Wise words.（充滿智慧的話。）

4. A: Seize the day.（把握時機。）

   B: Live in the moment.
      （活在當下。）

5. A: Never do things by halves.
      （勿半途而廢。）

   B: If a thing is worth doing, it's worth
      doing well.
      （如果一件事值得做，就值得做好。）

6. A: Show good sportsmanship.
      （展現良好的運動家精神。）

   B: Be fair.（要公平。）

7. A: Don't be a workaholic.
      （別當工作狂。）

   B: I'll take it easy.（我會放輕鬆。）

8. A: Extreme right is extreme wrong.
      （過猶不及。）

   B: Very true.（的確。）

1. *Brevity is the soul of wit*.

Track 9 Unit 9

Don't *waste* your words.	不要白費口舌。
Don't *beat around the bush*.	不要拐彎抹角。
Hit the nail on the head.	要一語中的。
Be *sincere*.	要眞誠。
Be *genuine*.	要誠懇。
Be *straightforward*.	要坦率。
Be *brief*.	長話短說。
Be *concise*.	要簡潔。
Brevity is the soul of *wit*.	言以簡潔爲貴。

**

waste one's words 白費口舌   beat[1] 〔 bit 〕 v. 打
bush[3] 〔 buʃ 〕 n. 灌木叢   *beat around the bush* 拐彎抹角
hit[1] 〔 hɪt 〕 v. 打   nail[2] 〔 nel 〕 n. 釘子
hit the nail on the head 一語中的；一針見血
sincere[3] 〔 sɪn'sɪr 〕 adj. 眞誠的
genuine[4] 〔 'dʒɛnjʊɪn 〕 adj. 眞的；誠懇的
straightforward[5] 〔 ˌstret'fɔrwəd 〕 adj. 坦率的
brief[2] 〔 brif 〕 adj. 簡短的   concise[6] 〔 kən'saɪs 〕 adj. 簡明的
brevity[2] 〔 'brɛvətɪ 〕 n. 簡潔
soul[1] 〔 sol 〕 n. 靈魂；精髓   wit[4] 〔 wɪt 〕 n. 智慧
Brevity is the soul of wit. 【諺】言以簡潔爲貴。

UNIT 9

2. *Silence is golden.*

It's so *loud* in here.	這裡很吵。
The noise is *unbearable*.	這噪音讓人無法忍受。
Can you *turn* it *down*?	你可以把它轉小聲嗎？
I can't *concentrate*.	我無法專心。
It's *driving me crazy*.	這快讓我抓狂。
It's such a *disturbance*.	這真是很嚴重的干擾。
What's that *sound*?	那是什麼聲音？
It's *bugging* me.	它使我心煩。
Silence is golden.	沈默是金。

**

loud[1] 〔laʊd〕 *adj.* 大聲的；吵鬧的   noise[1] 〔nɔɪz〕 *n.* 噪音
unbearable[2,1] 〔ʌnˈbɛrəbḷ〕 *adj.* 無法忍受的
turn down 把（音量）轉小
concentrate[4] 〔ˈkɑnsṇˌtret〕 *v.* 專心   drive[1] 〔draɪv〕 *v.* 迫使
crazy[2] 〔ˈkrezɪ〕 *adj.* 瘋狂的   ***drive sb. crazy*** 使某人發瘋
disturbance[6] 〔dɪsˈtɝbəns〕 *n.* 打擾；干擾
sound[1] 〔saʊnd〕 *n.* 聲音
bug[1] 〔bʌg〕 *n.* 小蟲 *v.* 竊聽；煩擾；讓…覺得煩
silence[2] 〔ˈsaɪləns〕 *n.* 沈默
golden[2] 〔ˈgoldṇ〕 *adj.* 金色的；寶貴的
Silence is golden. 【諺】沈默是金。

UNIT 9

3. Don't say cripple.

Don't say *cripple*.	別說跛子。
Don't say *handicapped*.	別說身心障礙。
It's *rude* and impolite.	這很失禮且不客氣。
Say, "He's *disabled*."	要說:「他是殘障人士。」
He uses a *wheelchair*.	他使用輪椅。
He is a *special needs* person.	他是有特殊需求的人。
That's the correct *term*.	那是正確的用語。
It's *proper* and polite.	這比較適當且有禮貌。
It's *sensitive* and *respectful* to others.	這對別人是體貼且恭敬的。

**

cripple[4] 〔'krɪpḷ〕 *n.* 跛子
handicapped[5] 〔'hændɪ,kæpt〕 *adj.* 身心障礙的
rude[2] 〔rud〕 *adj.* 粗魯的;無禮的
impolite[2] 〔,ɪmpə'laɪt〕 *adj.* 不客氣的;無禮的
disabled[6] 〔dɪs'ebḷd〕 *adj.* 成殘廢的
wheelchair[5] 〔'hwil'tʃɛr〕 *n.* 輪椅   special[1] 〔'spɛʃəl〕 *adj.* 特殊的
correct[1] 〔kə'rɛkt〕 *adj.* 正確的   term[2] 〔tɝm〕 *n.* 名詞;用語
proper[3] 〔'prɑpɚ〕 *adj.* 適當的   polite[2] 〔pə'laɪt〕 *adj.* 有禮貌的
sensitive[3] 〔'sɛnsətɪv〕 *adj.* 敏感的;體貼的 (= *thoughtful*)
respectful[4] 〔rɪ'spɛktfəl〕 *adj.* 恭敬的

UNIT 9

4. Rude people.

Rude people.	無禮的人。
Arrogant people.	傲慢的人。
Reckless drivers.	魯莽的駕駛。
Litterbugs.	亂丟垃圾的人。
Noisy neighbors.	吵鬧的鄰居。
Loud *cellphone* talkers.	大聲講手機的人。
They're *irritating*.	他們令人生氣。
They're *annoying*.	他們讓人心煩。
They're a *nuisance*.	他們很討厭。

**

rude² 〔 rud 〕 *adj.* 粗魯的；無禮的

arrogant⁶ 〔'ærəgənt 〕 *adj.* 自大的；傲慢的

reckless⁵ 〔'rɛklɪs 〕 *adj.* 魯莽的；輕率的

litterbug¹ 〔'lɪtɚ,bʌg 〕 *n.* 亂丟垃圾的人

noisy¹ 〔'nɔɪzɪ 〕 *adj.* 吵鬧的

neighbor² 〔'nebɚ 〕 *n.* 鄰居   loud¹ 〔 laud 〕 *adj.* 大聲的

cellphone⁵ 〔'sɛl,fon 〕 *n.* 手機 (= *cell phone*)

talker¹ 〔'tɔkɚ 〕 *n.* 講話的人

irritating⁶ 〔'ɪrɪ,tetɪŋ 〕 *adj.* 令人生氣的

annoying⁴ 〔 ə'nɔɪɪŋ 〕 *adj.* 令人心煩的

nuisance⁶ 〔'njusn̩s 〕 *n.* 討厭的人或物

UNIT 9

5. Look before you leap.

Be *conservative*.	保守一點。
Don't be *impulsive*.	別太衝動。
Exercise caution.	要小心行事。
Consider your *options*.	考慮你的選擇。
Examine the facts.	察看實情。
Weigh the *consequences*.	衡量後果。
Look before you *leap*.	三思而行。
Second thoughts are the best.	再思為上。
Jump once, but look twice.	思而後動。

**

conservative[4] 〔 kən'sɝvətɪv 〕 *adj.* 保守的
impulsive[5] 〔 ɪm'pʌlsɪv 〕 *adj.* 衝動的
exercise[2] 〔'ɛksɚ,saɪz 〕 *v.* 運用；行使
caution[5] 〔'kɔʃən 〕 *n.* 小心；謹慎　*Exercise caution.* 要小心。
consider[2] 〔 kən'sɪdɚ 〕 *v.* 考慮　option[6] 〔'ɑpʃən 〕 *n.* 選擇
examine[1] 〔 ɪg'zæmɪn 〕 *v.* 仔細檢查
fact[1] 〔 fækt 〕 *n.* 事實　weigh[1] 〔 we 〕 *v.* 衡量
consequence[4] 〔'kɑnsə,kwɛns 〕 *n.* 後果　leap[3] 〔 lip 〕 *v.* 跳
Look before you leap. 【諺】先看再跳；三思而行。
Second thoughts are the best. 【諺】再思為上。
twice[1] 〔 twaɪs 〕 *adv.* 兩次
Jump once, but look twice. 【諺】跳一次，但看兩次；思而後動。

6. Seize the day.

Seize the day.	把握時機。
Seize the moment.	把握時機。
Opportunity seldom knocks twice.	機不可失。
Get *moving*.	要開始行動。
Time's *wasting*.	時間正在流失。
The clock's *ticking*.	分秒正滴答溜走。
Let's *rock and roll*.	我們馬上行動吧。
Make hay while the sun shines.	要把握時機。
Strike while the iron is hot.	打鐵趁熱。

** ————————————————

seize³ 〔 siz 〕 *v.* 抓住　　*seize the day* 把握時機
moment¹ 〔'momənt 〕 *n.* 時刻;時機;機會
opportunity³ 〔,apɚ'tjunətɪ 〕 *n.* 機會
seldom³ 〔'sɛldəm 〕 *adv.* 很少　　knock² 〔 nɑk 〕 *v.* 敲門
Opportunity seldom knocks twice. 【諺】機會很少敲兩次門;
　　機不可失。　　*get moving* 開始行動
waste¹ 〔 west 〕 *v.* 浪費;未有效利用
tick⁵ 〔 tɪk 〕 *v.* (鐘錶等) 滴答響　　rock¹,² 〔 rɑk 〕 *v.* 搖動
roll¹ 〔 rol 〕 *v.* 滾動　　*Let's rock and roll.* 我們馬上行動吧。
　　(= *Let's get started.*)　　hay³ 〔 he 〕 *n.* 乾草
make hay 曬乾草　　shine¹ 〔 ʃaɪn 〕 *v.* 照耀
Make hay while the sun shines. 【諺】曬草要趁太陽好;把握
　　時機。　　strike² 〔 straɪk 〕 *v.* 打擊　　iron¹ 〔'aɪɚn 〕 *n.* 鐵
Strike while the iron is hot. 【諺】打鐵趁熱;把握時機。

UNIT 9

7. Never do things by halves.

Start with a *goal*.	先有個目標。
Make it *precise*.	目標要明確。
Focus on what you want.	專注於你想要的。
Be *thorough*.	要徹底執行。
Be *alert*.	要保持警覺。
Be *committed*.	要全心投入。
Go the distance.	要堅持到底。
Never do things *by halves*.	勿半途而廢。
Complete every *task*.	要完成每一項任務。

goal² 〔 gol 〕 *n.* 目標　　precise⁴ 〔 prɪˈsaɪs 〕 *adj.* 精確的
focus² 〔ˈfokəs 〕 *v.* 專注　　*focus on* 專注於
thorough⁴ 〔ˈθɝo 〕 *adj.* 完全的；徹底的；全面的
alert⁴ 〔 əˈlɝt 〕 *adj.* 警覺的
committed⁴ 〔 kəˈmɪtɪd 〕 *adj.* 忠誠的；投入的
distance² 〔ˈdɪstəns 〕 *n.* 距離　　*go the distance* 堅持到最後
half¹ 〔 hæf 〕 *n.* 一半　　*by halves* 不徹底地；半途而廢地
Never do things by halves. 【諺】勿半途而廢。
complete² 〔 kəmˈplit 〕 *v.* 完成
task² 〔 tæsk 〕 *n.* 任務；工作

UNIT 9

8. Show good sportsmanship.

Play *fair*.	公平比賽。
Play by the *rules*.	照規則來比賽。
Show good *sportsmanship*.	展現良好的運動家精神。
Obey the *referees*.	要服從裁判。
Obey *umpires* and *judges*.	要服從裁判和評審員。
Win or lose, be a good	無論勝負,都要有運動家
sport.	精神。
Never *complain*.	絕不抱怨。
Never *whine*.	絕不發牢騷。
Congratulate all and *shake*	恭喜每個人並且握手。
hands.	

** ———————————————————

fair[2] 〔 fɛr 〕 *adv.* 公平地   by[1] 〔 baɪ 〕 *prep.* 依照
rule[1] 〔 rul 〕 *n.* 規則
sportsmanship[4] 〔'sportsmən͵ʃɪp 〕 *n.* 運動家精神
obey[2] 〔 ə'be 〕 *v.* 服從   referee[5] 〔͵rɛfə'ri 〕 *n.* 裁判
umpire[5] 〔'ʌmpaɪr 〕 *n.* 裁判   judge[2] 〔 dʒʌdʒ 〕 *n.* 裁判;評審員
win or lose 無論勝負   *a good sport* 有運動家精神的人
complain[2] 〔 kəm'plen 〕 *v.* 抱怨   whine[5] 〔 hwaɪn 〕 *v.* 抱怨;發牢騷
congratulate[4] 〔 kən'grætʃə͵let 〕 *v.* 祝賀
shake[1] 〔 ʃek 〕 *v.* 搖動   *shake hands* 握手

9. *Don't be a workaholic.*

Don't be a *workaholic*.	別當工作狂。
Don't burn the *candle* at both ends.	別蠟燭兩頭燒。
Health is better than *wealth*.	健康勝於財富。
Health is a *jewel*.	健康是珠寶。
Riches have wings.	財富無常。
Find a *balance* in life.	生活要找到平衡。
Time for *recreation*.	是該娛樂的時候了。
Time for *relaxation*.	是該放鬆的時候了。
Stop and smell the roses.	休息一下，享受人生。

** ————————————

workaholic〔ˌwɝkə'hɑlɪk〕*n.* 工作狂　　burn²〔bɝn〕*v.* 燃燒
candle²〔'kændl̩〕*n.* 蠟燭　　end¹〔ɛnd〕*n.* 末端
Don't burn the candle at both ends.【諺】蠟燭不要兩頭燒；
　不要過分透支體力。　　health¹〔hɛlθ〕*n.* 健康
wealth³〔wɛlθ〕*n.* 財富　　jewel³〔'dʒuəl〕*n.* 珠寶
riches²〔'rɪtʃɪz〕*n. pl.* 財富　　wing²〔wɪŋ〕*n.* 翅膀
Riches have wings.【諺】財富無常。
balance²〔'bæləns〕*n.* 平衡　　recreation⁴〔ˌrɛkrɪ'eʃən〕*n.* 娛樂
relaxation⁴〔ˌrilæks'eʃən〕*n.* 放鬆；消遣；娛樂
rose¹〔roz〕*n.* 玫瑰　　***Stop and smell the roses.*** 要停下來聞玫瑰
　的香味；休息一下，享受人生。(= *Take a break and enjoy life.*)

10. *Extreme right is extreme wrong*.

Don't *burn the midnight oil*.	不要開夜車。
Don't *stay up* all night.	不要整晚熬夜。
Keep a regular *schedule*.	生活要規律。
Organize your life.	安排好你的生活。
Work hard but play hard, too.	努力工作，但也要盡情玩樂。
Extreme right is extreme wrong.	過猶不及。
Moderation in all things.	凡事適可而止。
Safety lies in the *middle course*.	中庸之道最安全。
Enough is as good as a *feast*.	適得其中。

**

burn the midnight oil 開夜車；熬夜　　*stay up* 熬夜
regular² (ˈrɛgjələ) *adj.* 規律的　　schedule³ (ˈskɛdʒul) *n.* 時間表
organize² (ˈɔrgənˌaɪz) *v.* 組織；安排；使有條理；使井然有序
extreme³ (ɪkˈstrim) *adj.* 極端的
Extreme right is extreme wrong. 【諺】過猶不及。
moderation⁴ (ˌmɑdəˈreʃən) *n.* 適度
Moderation in all things. 【諺】凡事適可而止。　　*lie in* 在於；位於
course¹ (kors) *n.* 過程；路程　　*middle course* 中庸之道
Safety lies in the middle course. 【諺】中庸之道最安全；適可而止則安。　　*as good as* 等於　　feast⁴ (fist) *n.* 盛宴
Enough is as good as a feast. 【諺】飽餐如同盛宴；適可而止。

UNIT 9

【Unit 9-2 背景説明】

覺得太吵,要別人小聲一點,可説:*It's so loud in here*. 句中的 in here 是強調「在這裡面」。有一次我坐飛機,旁邊兩位中東人,説話太大聲,我説:You are too loud. (你們太大聲了。) You are too noisy. (你們太吵了。) 差點被他們打。他們回答説:Mind your own business. (少管閒事。) 我只好閉嘴。所以,説 *It's so loud in here*. 比較婉轉。

It's bugging me. 也可説成:It's annoying me. 或 It's bothering me. 都表示「它使我心煩。」

【Unit 9-3 背景説明】

It's sensitive and respectful to others. 中,sensitive 主要的意思是「敏感的」,在這裡作「體貼的」(= *considerate* = *thoughtful*) 解,一般英漢字典上都找不到,只有在 Collins Thesaurus p.630 上有。

【Unit 9-4 背景説明】

口語往往是省略句,不能用在文章中。如 *Rude people*. 寫作文就要寫成:They're rude. (他們很粗魯。) *Arrogant people*. 要寫成:They're arrogant. (他們很傲慢。) *Reckless drivers*. 要寫成:They're reckless drivers. (他們開車很魯莽。)

Litterbugs. 要寫成:What a bunch of litterbugs! (這麼多亂丟紙屑的人!) *Noisy neighbors*. 要寫成:They're noisy neighbors. (他們是吵鬧的鄰居。) *Loud cellphone talkers*. 要寫成:They're loud cellphone talkers. (他們講手機很大聲。)

They're a nuisance. 主詞和動詞一致，和補語無關，例如：The Chinese are a peace-loving people.（中國人是愛好和平的民族。）***They're a nuisance.*** 也可說成：They're nuisances.（他們真討厭。）

【 Unit 9-5 背景說明 】

Exercise caution. 是慣用句，可用 Use caution. 或 Employ caution. 都表示「要小心。」但不能用 *Practice caution.*（誤）或 *Take caution.*（誤）這句話也可說成：Be cautious.（要小心。）（= *Be careful.*）

【 Unit 9-8 背景說明 】

Win or lose, be a good sport. 句中的 Win or lose（無論勝負），不可說成：*Lose or win*（誤）。***a good sport*** 是「有運動家精神的人；輸得起的人；樂於助人的人；慷慨大度的人；氣量大的人」（= *a person with a generous nature*）。***be a good sport*** 有時可說成：be a sport，例如：***Be a sport***, and let me borrow your bike.（氣量大一點，讓我借用你的腳踏車吧。）

【 Unit 9-10 背景說明 】

Organize your life. 字面的意思是「組織你的生活。」引申為「安排好你的生活。」或「使你的生活井然有序。」（= *Put your life in order.*）***Extreme right is extremely wrong.*** 這句諺語字面的意思是「極端的正確就是極端的錯誤。」也就是「過猶不及。」例如，小偷來偷東西，你抓到就好了，不能把他打死。***Safety lies in the middle course.*** 字面的意思是「安全在於路的中間。」引申為「中庸之道最安全。」（= *Safety lies in the middle of the road.*）

11. *What are the keys to success?*

Be *ambitious*.	要有<u>雄心</u>。
Be *confident*.	要有<u>信心</u>。
Have *determination*.	要有<u>決心</u>。
Be *patient*.	要有<u>耐心</u>。
Be *persistent*.	要有<u>恆心</u>。
Show *sincerity*.	要有<u>誠心</u>。
Be *charitable*.	要有<u>愛心</u>。
Be *modest*.	要<u>虛心</u>。
Have *devotion*.	要<u>專心</u>。

**

key¹〔ki〕*n.* 關鍵;祕訣 <*to*>
ambitious⁴〔æm'bɪʃəs〕*adj.* 有抱負的;有野心的
confident³〔'kɑnfədənt〕*adj.* 有信心的
determination⁴〔dɪ,tɜmə'neʃən〕*n.* 決心
patient²〔'peʃənt〕*adj.* 有耐心的
persistent⁶〔pɚ'zɪstənt〕*adj.* 持久的;堅忍不拔的
show¹〔ʃo〕*v.* 展現　　sincerity⁴〔sɪn'sɛrətɪ〕*n.* 眞誠
charitable⁶〔'tʃærətəbḷ〕*adj.* 慈善的
modest⁴〔'mɑdɪst〕*adj.* 謙虛的
devotion⁵〔dɪ'voʃən〕*n.* 專心;獻身;熱愛

UNIT 9

12. Man must be moving.

Running water carries no *poison*.	水不動就是死水。
Man must be *moving*.	人不動就是廢物。
Visiting *increases* relationships.	關係靠走動。
Touching attracts customers.	客戶靠感動。
Spending draws *capital*.	資金靠流動。
Exercising *supports* life.	生命靠運動。
Acting creates success.	成功靠行動。
Trying *breeds* knowledge.	知識靠嘗試。
Activity improves *teamwork*.	團隊靠活動。

UNIT 9

** ─────────────────

carry[1] ('kærɪ) *v.* 攜帶；具有   poison[2] ('pɔɪzn̩) *n.* 毒；毒藥
Running water carries no poison. 【諺】流水不腐。
man[1] (mæn) *n.* 人   move[1] (muv) *v.* 移動
visit[1] ('vɪzɪt) *v.* 拜訪；造訪   increase[2] (ɪn'kris) *v.* 增加；增強
relationship[2] (rɪ'leʃən,ʃɪp) *n.* 關係   touch[1] (tʌtʃ) *v.* 使感動
attract[3] (ə'trækt) *v.* 吸引   draw[1] (drɔ) *v.* 拉；吸引
capital[3,4] ('kæpətl̩) *n.* 資本；資金   ***Spending draws capital.*** 做生
　　意要花錢，所以「資金靠流動。」   support[2] (sə'port) *v.* 支持；維持
act[1] (ækt) *v.* 行動   create[2] (krɪ'et) *v.* 創造
breed[4] (brid) *v.* 養育；產生   activity[3] (æk'tɪvətɪ) *n.* 活動
improve[2] (ɪm'pruv) *v.* 改善   teamwork[2] ('tim,wɜk) *n.* 團隊合作

Unit 9 總複習

背至 2 分鐘之內，變成直覺，終生不會忘記。

1. Don't *waste* your words.
Don't *beat around the bush*.
Hit the nail on the head.

Be *sincere*.
Be *genuine*.
Be *straightforward*.

Be *brief*.
Be *concise*.
Brevity is the soul of *wit*.

2. It's so *loud* in here.
The noise is *unbearable*.
Can you *turn* it *down*?

I can't *concentrate*.
It's *driving me crazy*.
It's such a *disturbance*.

What's that *sound*?
It's *bugging* me.
Silence is golden.

3. Don't say *cripple*.
Don't say *handicapped*.
It's *rude* and impolite.

Say, "He's *disabled*."
He uses a *wheelchair*.
He is a *special needs* person.

That's the correct *term*.
It's *proper* and polite.
It's *sensitive* and *respectful*
to others.

4. *Rude* people.
Arrogant people.
Reckless drivers.

Litterbugs.
Noisy neighbors.
Loud *cellphone* talkers.

They're *irritating*.
They're *annoying*.
They're a *nuisance*.

5. Be *conservative*.
Don't be *impulsive*.
Exercise caution.

Consider your *options*.
Examine the facts.
Weigh the *consequences*.

Look before you *leap*.
Second thoughts are the best.
Jump once, but look twice.

6. *Seize the day*.
Seize the moment.
Opportunity seldom knocks
twice.

Get *moving*.
Time's *wasting*.
The clock's *ticking*.

Let's *rock and roll*.
Make hay while the sun shines.
Strike while the iron is hot.

7. Start with a *goal*.
Make it *precise*.
Focus on what you want.

Be *thorough*.
Be *alert*.
Be *committed*.

Go the distance.
Never do things *by halves*.
Complete every *task*.

8. Play *fair*.
Play by the *rules*.
Show good *sportsmanship*.

Obey the *referees*.
Obey *umpires* and *judges*.
Win or lose, be a good sport.

Never *complain*.
Never *whine*.
Congratulate all and *shake hands*.

9. Don't be a *workaholic*.
Don't burn the *candle* at both ends.
Health is better than *wealth*.

Health is a *jewel*.
Riches have wings.
Find a *balance* in life.

Time for *recreation*.
Time for *relaxation*.
Stop and smell the roses.

10. Don't *burn the midnight oil*.
Don't *stay up* all night.
Keep a regular *schedule*.

Organize your life.
Work hard but play hard, too.
Extreme right is extreme wrong.

Moderation in all things.
Safety lies in the *middle course*.
Enough is as good as a *feast*.

11. Be *ambitious*.
Be *confident*.
Have *determination*.

Be *patient*.
Be *persistent*.
Show *sincerity*.

Be *charitable*.
Be *modest*.
Have *devotion*.

12. Running water carries no *poison*.
Man must be *moving*.
Visiting *increases* relationships.

Touching attracts customers.
Spending draws *capital*.
Exercising *supports* life.

Acting creates success.
Trying *breeds* knowledge.
Activity improves *teamwork*.

UNIT 9

1. Nine Types of People Destined to Fail
   注定失敗的九種人

2. Bias is ignorance. 偏見是無知。

3. What are the core values of socialism?
   社會主義的核心價值是什麼？

4. The Habits for Happiness 快樂的習慣

5. Foods to Benefit Your Health (I) 對健康有益的食物 (I)

6. Foods to Benefit Your Health (II) 對健康有益的食物 (II)

7. Happy Father's Day! 父親節快樂！

8. Happy Moon Festival! 中秋節快樂！

9. I love Halloween. 我愛萬聖節。

10. Happy Chinese New Year! 農曆新年快樂！

11. Leaving a Place 離開某地

12. The best of friends must part. 天下無不散之筵席。

【劇情介紹】⋯⋯⋯⋯

　　從上一回的人不動就是廢物，想到 "Nine Types of People Destined to Fail"，其中一種就是不願意改變，充滿偏見，而 "Bias is ignorance."，要敞開心胸，有正確的價值觀，問自己："What are the core values of socialism?"，簡單來說，就是促進整體社會福祉，培養 "The Habits for Happiness"。最簡單的做法就是吃 "Foods to Benefit Your Health"，並多和家人朋友團聚，像是8月8日對父親說 "Happy Father's Day!"，9月有 "Happy Moon Festival"，到了10月31日，有和朋友一起變裝，"I love Halloween."，過農曆新年時，要對家人和朋友說 "Happy Chinese New Year!"。隨著年齡的增長，會需要 "Leaving a Place"，終究 "The best of friends must part."。

Unit 10 > Conversations

1. A: Bias is ignorance. (偏見是無知。)

B: Prejudice is unwise. (偏見是不明智的。)

2. A: What are the core values of socialism?
(社會主義的核心價值是什麼？)

B: Prosperity, democracy, and civility.
(富強、民主，和文明。)

3. A: Be appreciative. (要心存感激。)
Say thanks frequently. (常說謝謝。)

B: Thanks! (謝謝！)

4. A: Apples resist infection.
(蘋果能對抗感染。)

B: An apple a day keeps the doctor away.
(一天一顆蘋果，不必看醫生。)

5. A: I'm absentminded. (我很健忘。)

B: Blueberries boost memory.
(藍莓能增強記憶力。)

6. A: Happy Father's Day!
(父親節快樂！)

B: Thank you! (謝謝你！)

7. A: Happy Moon Festival! (中秋節快樂！)

B: Same to you. (你也一樣。)

8. A: Halloween is here. (萬聖節到了。)

B: Trick or treat! (不給糖就搗蛋！)

1. Nine Types of People Destined to Fail

Track 10 Unit 10

Unwilling to learn.	不願學習。
Afraid to change.	害怕改變。
Unskilled.	沒有專長。
Short-sighted.	短視近利。
Short-tempered.	脾氣暴躁。
Emotionally *frail*.	心靈脆弱。
Rude.	粗魯無禮。
Stingy.	小氣吝嗇。
Anti-social.	單打獨鬥。

** ————————————————

type[2] 〔 taɪp 〕 *n.* 類型　　destined[6] 〔'dɛstɪnd 〕 *adj.* 註定的
fail[2] 〔 fel 〕 *v.* 失敗　　unwilling[2] 〔 ʌn'wɪlɪŋ 〕 *adj.* 不願意的
afraid[1] 〔 ə'fred 〕 *adj.* 害怕的
unskilled[2] 〔 ʌn'skɪld 〕 *adj.* 不熟練的
short-sighted[4] 〔'ʃɔrt'saɪtɪd 〕 *adj.* 短視近利的
short-tempered[3] 〔'ʃɔrt'tɛmpɚd 〕 *adj.* 脾氣暴躁的
emotionally[4] 〔 ɪ'moʃənḷɪ 〕 *adv.* 感情上
frail[6] 〔 frel 〕 *adj.* 脆弱的　　rude[2] 〔 rud 〕 *adj.* 粗魯的；無禮的
stingy[4] 〔'stɪndʒɪ 〕 *adj.* 吝嗇的
anti-social[2] 〔'æntɪ'soʃəl 〕 *adj.* 反社會的；不擅社交的

【 Unit 10-1 背景説明 】

九種人註定會失敗（ Nine Types of People Destined to Fail ）。第一種是不願意學習的人（ those who are unwilling to learn ），不願意學習（ unwilling to learn ），18 歲停止學習的人，就像 80 歲的老人一樣。第二種是「害怕改變的人」（ those who are afraid to change ）。同樣的人，做同樣的事，不改變，不進則退；改變才會進步，突破才能成功。每個人都有 comfort zone（舒適區），不想改變。所以，害怕改變（ afraid to change ）是很可怕的事。第三種是「沒有專長的人」（ those who are unskilled ），什麼都會一點，什麼都不專精。在這個社會上，最辛苦的就是 unskilled worker（沒有專長的人）。

第四種是「短視近利的人」（ those who are short-sighted ），只看到現在，沒看到未來，例如，不捨得花錢去學習，怕浪費了時間，沒賺到錢。目光短淺（ short-sighted ）最吃虧。第五種是「脾氣暴躁的人」（ those who are short-tempered ），脾氣大的人無法與人相處，在他身旁會有恐懼感。脾氣暴躁（ short-tempered ）是一項極大的缺點。第六種是「心靈脆弱的人」（ those who are emotionally frail ），如遇到挫折就崩潰，心靈脆弱（ emotionally frail ），無法忍受挫折，難以成功。

第七種是「粗魯無禮的人」（ those who are rude ），誰願意和粗魯的人在一起？罵髒話、舉止粗魯（ rude ）的人，沒有朋友，也沒有人會願意用你。第八種是「小氣吝嗇的人」（ those who are stingy ）。成功的人一定大方，不會小氣吝嗇（ stingy ）。第九種是「單打獨鬥的人」（ those who are anti-social ）。不喜歡和別人交往、單打獨鬥（ anti-social ）、獨來獨往，不可能做大事，一定會失敗。

UNIT 10

2. Bias is ignorance.

Bias is *ignorance*.	偏見是無知。
Never *discriminate*.	絕不要歧視。
It's *disgraceful*.	這樣很可恥。
Don't be *prejudiced*.	不要有偏見。
Don't follow *stereotypes*.	不要有刻板印象。
Treat all *equally*.	要一視同仁。
Look in the *mirror*.	照照鏡子。
Work on your *faults*.	改進你的缺點。
Don't judge others *harshly*.	別嚴厲評斷別人。

** ────────────

bias[6] ('baɪəs) *n.* 偏見　　ignorance[3] ('ɪgnərəns) *n.* 無知
discriminate[5] (dɪ'skrɪməˌnet) *v.* 歧視
disgraceful[6] (dɪs'gresfəl) *adj.* 可恥的
prejudiced[6] ('prɛdʒədɪst) *adj.* 有偏見的
follow[1] ('falo) *v.* 遵循；聽從；仿效
stereotype[5] ('stɛrɪəˌtaɪp) *n.* 刻板印象　　treat[5,2] (trit) *v.* 對待
equally[1] ('ikwəlɪ) *adv.* 相同地　　mirror[2] ('mɪrə) *n.* 鏡子
look in the mirror 照鏡子　　***work on*** 致力於
fault[2] (fɔlt) *n.* 缺點；瑕疵　　judge[2] (dʒʌdʒ) *v.* 評斷
harshly[4] ('harʃlɪ) *adv.* 嚴厲地

3. *What are the core values of socialism?*

What are the core values of *socialism*?	社會主義的核心價值是什麼？
Prosperity gives us a better life.	富強給我們更好的生活。
Democracy is our goal.	民主是我們的目標。
With *equality* we have *justice*.	人人平等才有公正。
With *civility* we have *rule of law*.	有文明才有法治。
With *integrity* we develop *friendship*.	有誠信才能發展友誼。
Our *dedication* is strong.	我們非常敬業。
Our *patriotism* is indispensable.	我們的愛國心不可或缺。
Living in *harmony* is our dream.	和諧生活是我們的理想。

** ———————————————————————

core[6] 〔kor〕 *n.* 核心   values[2] 〔'væljʊz〕 *n. pl.* 價值觀
socialism[6] 〔'soʃəl,ɪzəm〕 *n.* 社會主義
prosperity[4] 〔pras'pɛrətɪ〕 *n.* 繁榮
democracy[3] 〔də'makrəsɪ〕 *n.* 民主政治　equality[4] 〔ɪ'kwɑlətɪ〕 *n.* 平等
justice[3] 〔'dʒʌstɪs〕 *n.* 公正　civility[6] 〔sə'vɪlətɪ〕 *n.* 禮貌；文明【civility
　　是「行為的文明」，即「禮貌」，civilization 是「文明社會；文明國家」。】
rule of law 法治　integrity[6] 〔ɪn'tɛgrətɪ〕 *n.* 正直；誠實
dedication[6] 〔,dɛdə'keʃən〕 *n.* 專心致力
patriotism[6] 〔'petrɪə,tɪzəm〕 *n.* 愛國心
indispensable[5] 〔,ɪndɪs'pɛnsəbḷ〕 *adj.* 不可或缺的
harmony[4] 〔'harmənɪ〕 *n.* 和諧

UNIT 10

【 Unit 10-2 背景説明 】

Look in the mirror. 源自 Look *at yourself* in the mirror. (照照鏡子，看看自己。)

Work on your faults. 中的 work on 有無限多的意思，在這裡是「努力改進」。這句話也可説成 : Try to improve yourself first. (先試著改進自己。)

【 Unit 10-3 背景説明 】

到大陸旅行，會到處看到 : 富強、民主、文明、和諧；自由、平等、公正、法治；愛國、敬業、誠信、友善，這十二個標語。帶了外國朋友去旅遊，你該如何向他們解釋 ? 這九句話就用得到了。

With equality we have justice. 也可説成 : When we have equality, we have justice. (當我們有平等的時候，我們就有公正。) 也可説成 : When everybody is equal, justice can be served. (當每個人都平等時，才能伸張正義。) ***With civility we have rule of law***. 也可説成 : When we have civility, we have rule of law. (當我們有文明時，才有法治。) 或 When people are courteous, they obey the law. (當大家都有禮貌的時候，才會遵守法律。)

With integrity we develop friendship. 也可説成 : When we have integrity, we develop friendship. (當我們有誠信時，才能發展友誼。) 有信用的人通常會吸引好人。(= *A person of honor attracts good people.*)

4. The Habits for Happiness

Be *appreciative*.	要心存感激。
Say thanks *frequently*.	常說謝謝。
Love *unconditionally*.	無條件去愛。
Be *optimistic*.	要保持樂觀。
Keep your *promise*.	要遵守承諾。
Create deeper *connections*.	建立深層關係。
Practice *forgiveness*.	學著寬恕。
Cultivate *compassion*.	培養同情心。
Live in the *present*.	活在當下。

** ———————————

habit[2] 〔'hæbɪt 〕 *n.* 習慣   happiness[1] 〔'hæpɪnɪs 〕 *n.* 快樂
appreciative[3] 〔 ə'priʃɪ,etɪv 〕 *adj.* 感激的
frequently[3] 〔'frikwəntlɪ 〕 *adv.* 經常
unconditionally[3] 〔,ʌnkən'dɪʃənlɪ 〕 *adv.* 無條件地
optimistic[3] 〔,ɑptə'mɪstɪk 〕 *adj.* 樂觀的
promise[2] 〔'prɑmɪs 〕 *n.* 承諾   create[2] 〔 krɪ'et 〕 *v.* 創造
deeper[1] 〔'dipɚ 〕 *adj.* 更深的
connections[3] 〔 kə'nɛkʃənz 〕 *n. pl.* 關係
practice[1] 〔'præktɪs 〕 *v.* 實行   forgiveness[2] 〔 fɚ'gɪvnɪs 〕 *n.* 寬恕
cultivate[6] 〔'kʌltə,vet 〕 *v.* 培養
compassion[5] 〔 kəm'pæʃən 〕 *n.* 同情
present[2] 〔'prɛznt 〕 *n.* 現在

UNIT 10

5. *Foods to Benefit Your Health* (I)

Apples fight infection.	蘋果能對抗感染。
Beans are high in fiber.	豆類富含纖維。
Cherries calm your nerves.	櫻桃有安神的作用。
Carrots improve vision.	紅蘿蔔能改善視力。
Garlic combats cancer.	大蒜能抗癌。
Grapes prevent diabetes.	葡萄能預防糖尿病。
Mushrooms decrease cholesterol.	蘑菇可以降膽固醇。
Onions lower blood pressure.	洋蔥能降血壓。
Pineapples battle arthritis.	鳳梨能對抗關節炎。

** ─────────────────────────

benefit〔'bɛnəfɪt〕*v.* 有益於　　fight[1]〔faɪt〕*v.* 和…作戰
infection[4]〔ɪn'fɛkʃən〕*n.* 感染　　bean[2]〔bin〕*n.* 豆子
be high in 富含　　fiber[5]〔'faɪbɚ〕*n.* 纖維　　cherry[3]〔'tʃɛrɪ〕*n.* 櫻桃
calm[2]〔kɑm〕*v.* 使鎮定　　nerve[3]〔nɝv〕*n.* 神經
carrot[2]〔'kærət〕*n.* 紅蘿蔔　　vision[3]〔'vɪʒən〕*n.* 視力
garlic[3]〔'gɑrlɪk〕*n.* 大蒜　　combat[5]〔'kɑmbæt〕*v.* 和…作戰
grape[2]〔grep〕*n.* 葡萄　　diabetes[6]〔,daɪə'bitɪz〕*n.* 糖尿病
mushroom[3]〔'mʌʃ,rum〕*n.* 蘑菇
cholesterol[6]〔kə'lɛstərəl〕*n.* 膽固醇　　onion[2]〔'ʌnjən〕*n.* 洋蔥
lower[2]〔'loɚ〕*v.* 降低　　***blood pressure*** 血壓
pineapple[2]〔'paɪn,æpl̩〕*n.* 鳳梨　　combat〔'kɑmbæt〕*v.* 和…戰
arthritis〔ɑr'θraɪtɪs〕*n.* 關節炎

【 Unit 10-4 背景説明 】

　　Be appreciative. 可説成：Be grateful. 或 Be thankful.
都表示「要心存感激。」

　　Live in the present. 的意思是「活在現在；活在當下。」
(= *Live in the moment.*) 勸別人不要去擔心過去或未來。
(= *Don't worry about the past or the future.*)

【 Unit 10-5 背景説明 】

　　Apples fight infection. 蘋果能對抗感染，難怪有諺語説：
An apple a day keeps the doctor away. (一天一顆蘋果，不
必看醫生。) *Beans are high in fiber.* 也可説成：Beans are
rich in fiber. (豆類富含纖維。) Beans contain a lot of
fiber, which prevents constipation. (豆類含有很多的纖維，
能夠預防便秘。) *Cherries calm your nerves.* 字面的意思是
「櫻桃使你的神經平靜。」引申為「櫻桃有安神的作用。」

　　Carrots improve vision. 紅蘿蔔有維生素 A，能改善視
力。*Garlic combats cancer.* 大蒜是好東西，除了能抗癌以
外，還可以保護心臟 (= *Garlic protects the heart.*) *Grapes
prevent diabetes.* 葡萄除了能預防糖尿病之外，也有安神作
用。

　　Mushrooms decrease cholesterol. 蘑菇除了可降低膽
固醇以外，還可以預防心臟病。(= *Mushrooms prevent
heart disease.*) *Onions lower blood pressure.* 洋蔥除了能
降血壓，感冒時也可喝洋蔥湯治療。

UNIT 10

6. *Foods to Benefit Your Health* (II)

Blueberries boost memory.	藍莓能增強記憶力。
Cabbage promotes weight loss.	包心菜有助於減重。
Cucumbers promote clear skin.	黃瓜能使肌膚無瑕。
Dates protect the liver.	棗子能保護肝臟。
Lemons fight depression.	檸檬能抗憂鬱。
Oranges prevent strokes.	柳橙可以預防中風。
Strawberries protect the heart.	草莓能保護心臟。
Sweet potatoes combat cancer.	地瓜能抗癌。
Watermelon boosts the immune system.	西瓜能夠增強免疫系統。

** ─────────────────

blueberry〔'blu،bɛrɪ〕*n.* 藍莓　　boost⁶〔bust〕*v.* 提高;增加
memory²〔'mɛmərɪ〕*n.* 記憶;記憶力
cabbage²〔'kæbɪdʒ〕*n.* 包心菜;甘藍菜
promote³〔prə'mot〕*v.* 促進　　cucumber⁴〔'kjukʌmbɚ〕*n.* 黃瓜
clear¹〔klɪr〕*adj.* 無瑕疵的;光潔的　　date¹〔det〕*n.* 棗子
liver³〔'lɪvɚ〕*n.* 肝臟　　depression⁴〔dɪ'prɛʃən〕*n.* 沮喪;憂鬱
stroke⁴〔strok〕*n.* 中風　　strawberry²〔'strɔ،bɛrɪ〕*n.* 草莓
sweet potato 地瓜　　combat⁵〔'kɑmbæt〕*v.* 和…戰鬥
watermelon²〔'wɔtɚ،mɛlən〕*n.* 西瓜
immune⁶〔ɪ'mjun〕*adj.* 免疫的

UNIT 10

【 Unit 10-6 背景説明 】

　　蔬菜水果要多吃，吃越多越好，一天至少要吃五種蔬
果。*Blueberries boost memory.* 藍莓除了能增加記憶力
以外，還可預防便祕（prevent constipation）、抗癌
（combat cancer），及穩定血糖（stabilize blood
sugar）。*Cabbage promotes weight loss.* 中，cabbage
可翻作「包心菜；高麗菜；甘藍菜；白菜心」，除了有助於
減重，還可抗癌（combat cancer）、預防便祕（prevent
constipation），並對痔瘡有幫助（help hemorrhoids）。
Cucumbers promote clear skin. 黃瓜除了能使皮膚光潔無
瑕，還可治療宿醉（cure hangover）。

　　Lemons fight depression. 檸檬除了可以抗憂鬱之
外，還可以抗癌（inhibit cancer），減少腎結石的形成
（reduce kidney stone formation）。*Oranges prevent
stroke.* 柳橙除了能預防中風之外，還可以止痛（pain
killer）、防癌（anti-cancer）。

　　Strawberries protect the heart. 草莓除了能保護心
臟，還可以抗癌（combat cancer）、增強記憶力（boost
memory）、安神（calm stress）。*Sweet potatoes combat
cancer.* 地瓜除了可抗癌外，還可保護視力（protect
eyesight）。*Watermelon boosts the immune system.* 西
瓜除了能增強免疫力以外，還可降膽固醇（lower
cholesterol）、保護攝護腺（protect the prostate），並有
助於減重（promote weight loss）。

UNIT 10

7. *Happy Father's Day!*

Happy Father's Day!	父親節快樂！
You are my *hero*.	你是我的英雄。
You are my *role model*.	你是我的榜樣。
You are the best *dad*.	你是最棒的父親。
You are *the head of the household*.	你是一家之主。
I'm *proud* to be your child.	當你的孩子我感到榮幸。
You *protect* us.	你保護我們。
You make us feel safe and *secure*.	你讓我們覺得安全無虞。
I hope you *appreciate* my gift.	我希望你喜歡我的禮物。

** ————————————

hero² 〔ˈhɪro〕 *n.* 英雄　　role² 〔rol〕 *n.* 角色
model² 〔ˈmɑdḷ〕 *n.* 模範　　***role model*** 榜樣；模範
dad¹ 〔dæd〕 *n.* 爸爸　　head¹ 〔hɛd〕 *n.* 頭；支配者
household⁴ 〔ˈhaʊsˌhold〕 *n.* 家庭；戶
the head of the household 一家之主
proud² 〔praʊd〕 *adj.* 驕傲的；光榮的　　protect² 〔prəˈtɛkt〕 *v.* 保護
secure⁵ 〔sɪˈkjʊr〕 *adj.* 安全的；無虞的；不用擔心的
appreciate³ 〔əˈpriʃɪˌet〕 *v.* 感激；重視；賞識
gift¹ 〔gɪft〕 *n.* 禮物

UNIT 10

8. Happy Moon Festival!

Happy *Moon Festival!*	中秋節快樂！
Happy *Mid-Autumn Festival*!	中秋節快樂！
Wishing you all the best.	祝你萬事如意。
Time for family *reunion.*	是家人團聚的時候。
Will your family *get together*?	你家人會團聚嗎？
Enjoy looking at the *harvest moon.*	盡情觀賞滿月。
Got a *pomelo*?	吃柚子了嗎？
Got a *mooncake*?	吃月餅了嗎？
Having a *barbecue* at the riverside?	要在河邊烤肉嗎？

** ——————————————————

moon¹ 〔 mun 〕 *n.* 月亮   festival² 〔ˈfɛstəvḷ 〕 *n.* 節日
Moon Festival 中秋節   autumn¹ 〔ˈɔtəm 〕 *n.* 秋天
Mid-Autumn Festival 中秋節   wish¹ 〔 wɪʃ 〕 *v.* 希望；祝福
Wishing you all the best. 祝你萬事如意。
reunion⁴ 〔 riˈjunjən 〕 *n.* 重聚；團圓   *get together* 聚在一起
enjoy² 〔ɪnˈdʒɔɪ 〕 *v.* 享受   *look at* 看   harvest³ 〔ˈhɑrvɪst 〕 *n.* 收穫
harvest moon 收穫月；滿月   get² 〔 gɛt 〕 *v.* 吃
pomelo 〔ˈpɑməlo 〕 *n.* 柚子   mooncake¹ 〔ˈmunˌkek 〕 *n.* 月餅
barbecue² 〔ˈbɑrbɪˌkju 〕 *n.* 烤肉
riverside¹ 〔ˈrɪvɚˌsaɪd 〕 *n.* 河邊；河畔

UNIT 10

【Unit 10-7 背景説明】

You are the head of the household. 中，household 是指「一家人；家庭」，也可説成：You are the head of the family. 或 You are the man of the house. 都表示「你是一家之主。」

You make us feel safe and secure. 句中用 safe 和 secure 兩個同義字來加強語氣。***I hope you appreciate my gift.*** 中，I hope 後面要用現在式代替未來式，這句話等於 I hope you like my gift. (我希望你喜歡我的禮物。) appreciate 主要的意思是「重視；賞識」，通常後面加「非人」，如 I appreciate it. (我重視它。) 引申爲「我很感激。」【詳見「一口氣背會話」p.225】

【Unit 10-8 背景説明】

Wishing you all the best. 也可説成：I wish you all the best. (我祝你萬事如意。)

Time for family reunion. 源自 It's time for family reunion. ***Enjoy looking at the harvest moon.*** 中的 harvest moon 是「初秋後的第一個滿月」(= *the full moon at the beginning of autumn*)。the harvest moon 也稱作「收穫月」，因爲月亮很亮，農夫晚上可以在田裡收穫。這句話可説成：Enjoy looking at the full moon. (盡情觀賞滿月。)

Got a pomelo? 源自 Have you got a pomelo? (你吃柚子了嗎？) 中秋節時，剛好是柚子的產季，柚子又像月亮，所以人們除了吃月餅以外，也吃柚子。***Having a barbecue at the riverside?*** 源自：*Will you be* having a barbecue at the riverside? (你們會在河邊烤肉嗎？)

9. I love Halloween.

Boys and girls.	各位男孩、女孩。
Ghosts and *witches*.	各位鬼魂和女巫。
Zombies and *vampires*.	各位殭屍和吸血鬼。
Halloween is here.	萬聖節到了。
Go and get some *candy*.	去拿些糖果吧。
Scream out in delight.	快樂地大聲吶喊。
Knock on neighbors' doors.	去敲鄰居的門。
Trick or treat.	不給糖就搗蛋。
Give me something good to eat!	給我一些好吃的東西吧！

** ─────────────────────────────

Halloween〔͵hælo'in〕*n.* 萬聖節前夕（即 10 月 31 日晚上）
ghost¹〔gost〕*n.* 鬼　　witch⁴〔wɪtʃ〕*n.* 女巫
zombie〔'zɑmbɪ〕*n.* 僵屍　　vampire〔'væmpaɪr〕*n.* 吸血鬼
candy¹〔'kændɪ〕*n.* 糖果　　scream³〔skrim〕*v.* 尖叫
scream out 尖叫（= *scream*）　　delight⁴〔dɪ'laɪt〕*n.* 高興
in delight 高興地　　knock²〔nɑk〕*v.* 敲
neighbor²〔'nebɚ〕*n.* 鄰居　　trick²〔trɪk〕*n.* 捉弄
treat⁵〔trit〕*n.* 招待；非常好的事物
trick or treat 不給糖就搗蛋【萬聖節前夕，孩子們在附近住戶的門
　口，討取糖果時所説的話】

UNIT 10

10. Happy Chinese New Year!

Greetings!	恭喜！
Congratulations and be *prosperous*.	恭喜發財。
Have an *enjoyable* new year!	新年快樂！
Hope everything *goes well*.	萬事如意。
May things go *as you wish*.	心想事成。
May you have an *abundant* year!	年年有餘！
Did you receive *red envelopes*?	你有沒有收到紅包？
Enjoy a *reunion feast*?	有沒有吃年夜飯？
Play *Chinese chess*?	有沒有打麻將？

**————————————————

greetings⁴ ('gritɪŋz) *n. pl.* 恭喜！你好！
congratulations² (kən‚grætʃə'leʃənz) *n. pl.* 恭喜
prosperous⁴ ('prɑspərəs) *adj.* 繁榮的；成功的；富足的
enjoyable³ (ɪn'dʒɔɪəbḷ) *adj.* 令人愉快的   *go well* 進展順利
wish¹ (wɪʃ) *v.* 希望   *as you wish* 如你所願
abundant⁵ (ə'bʌndənt) *adj.* 豐富的
envelope² ('ɛnvə‚lop) *n.* 信封   *red envelope* 紅包
reunion⁴ (rɪ'junjən) *n.* 團圓   feast⁴ (fist) *n.* 盛宴
chess² (tʃɛs) *n.* 西洋棋   *Chinese chess* 麻將

【**Unit 10-10 背景説明**】

新年到了，見到朋友該説什麼？如果你只説「恭喜！恭喜！」「恭喜發財！」，那你的語言就很普通。藉著學英文的機會，把英文學好，中文也練好了。「**用會話背 7000 字**」，讓你説得比任何人都好。

Greetings!（恭喜！）
Congratulations and be *prosperous*.（恭喜發財。）
Have an *enjoyable* new year!（新年快樂！）

一般人只會説：Congratulations!（恭喜！）我們學到 *Greetings!* 是生日、節日等場合的賀詞，平常見了面可以説 *Greetings!*（你好！），朋友生日你可以説 *Greetings!*（恭喜！）
「恭喜發財」的説法很多，最貼切的就是：
Congratulations and be prosperous. 句中的 prosperous，意思是「繁榮的；富足的」。也可以説：May you make a fortune. May you become richer. May you be prosperous. 意思都相同。一般人説：Happy New Year!
（新年快樂！）我們學：*Have an enjoyable new year!*，利用學會話，你又學會了一個重要單字：enjoyable[3] *adj.* 令人愉快的。

背過的語言説出來最美，既然要背，就要背最好的，説出來令人驚艷，讓人感動，覺得你有學問、會説話。過年時我們常説：

Hope everything *goes well*.（萬事如意。）
May things go *as you wish*.（心想事成。）
May you have an *abundant* year.（年年有餘。）

UNIT 10

Hope everything goes well. 源自 *I* hope *that* everything goes well. 口語中常省略主詞 I，像 Thank you. 源自 *I* thank you. 一樣。句中的 go well 是成語，作「進行順利」解。我們苦心安排，每一句話中都有一個重要單字或成語。「May + 主詞 + 原形動詞」表祝福，as you wish「如你所願」，是副詞子句，修飾 go。

May things go ***as*** *you wish*.

May you have an abundant year. 句中 abundant 意思是「豐富的」，只要把 abound〔ə'baʊnd〕*v.* 充滿，abundant〔ə'bʌndənt〕*adj.* 豐富的，abundance〔ə'bʌndəns〕*n.* 豐富，這三個字一起背，就能背下來。【詳見「一口氣背 7000 字」p.1】這三句話不一定新年才用，天天都可以說，祝福別人的話，說越多越好。

新年最常問的話是：

Did you receive ***red envelopes***?（有沒有收到紅包？）

Enjoy a ***reunion feast***?（有沒有吃年夜飯？）

Play ***Chinese chess***?（有沒有打麻將？）

red envelope「紅包」，也可以說成 lucky money 或 New Year's Money「壓歲錢」。***Enjoy a reunion feast?*** 在這裡源自 *Did you* enjoy a reunion feast?，句中 reunion feast「年夜飯」，也可說成：reunion dinner 或 New Year's Eve dinner。***Play Chinese chess?*** 源自 *Did you* play Chinese chess?，句中 Chinese chess 可改成 mahjong（麻將）(= *mah-jongg*)。

　　你看看，學會了九句美妙的語言，讓你人生更豐富，更有修養，人人喜歡你，藉著說話，把單字都學會了。這九句話只要背至 10 秒，終生不會忘記。記憶最差的人，只要用計數器唸一百遍，就記得下來。

11. Leaving a Place

Retreat.	走吧。
Ready to *rock*?	要走了嗎？
Ready to *roll*?	準備走了嗎？
Let's *blow*.	走吧。
Let's *head out*.	我們出發吧。
Let's *make tracks*.	走吧。
Let's *split*.	走吧。
Let's *hit the road*.	上路吧。
Are you about *finished*?	你快好了嗎？

** ────────────

retreat[4] 〔 rɪ'trit 〕 v. 撤退

rock[2] 〔 rɑk 〕 v. 搖動；出發；開始

roll[1] 〔 rol 〕 v. 滾動；出發；開始

blow[1] 〔 blo 〕 v. 迅速離開

head out 出發　　track[2] 〔 træk 〕 n. 足跡；痕跡

make tracks 離開　　split[4] 〔 splɪt 〕 v. 離開

hit the road 上路；啟程；動身

about[1] 〔 ə'baʊt 〕 adv. 幾乎

finished[1] 〔 'fɪnɪʃt 〕 adj. 結束了的；完成了的

12. The best of friends must part.

You really *care*.	你真的很關心大家。
You always *chip in*.	你總是願意幫忙。
Keep in touch.	要保持聯絡。
No more *tears*.	不要再流淚。
Friendship is forever.	友誼是一輩子的。
Our *prayers* go with you.	我們會一直為你祈禱。
Change is *inevitable*.	改變是不可避免的。
The best of friends must *part*.	天下無不散之筵席。
All good things *come to an end*.	千好萬好總有終。

**

really¹ 〔'rɪəlɪ〕 *adv.* 真正地　　care¹ 〔kɛr〕 *v.* 在意；關心

chip in 湊錢；捐助　　*keep in touch* 保持聯絡

tear² 〔tɪr〕 *n.* 眼淚；淚水　　friendship³ 〔'frɛnd͵ʃɪp〕 *n.* 友誼

forever³ 〔fə'ɛvɚ〕 *adv.* 永遠　　prayer³ 〔prɛr〕 *n.* 禱告；禱文

go with 伴隨　　change² 〔tʃendʒ〕 *n.* 改變

inevitable⁶ 〔ɪn'ɛvətəbl̩〕 *adj.* 不可避免的

part¹ 〔part〕 *v.* 分開；離別

The best of friends must part. 【諺】天下無不散之筵席。

come to an end 結束

All good things come to an end. 【諺】千好萬好總有終；
　天下無不散之筵席。【詳見「英文諺語辭典」p.8】

UNIT 10

【 Unit 10-11 背景説明 】

　　這九句話都是要離開某個地方時，跟朋友説的。最常用的是：Are we ready to leave? (我們是不是要走了？) Are you ready to go? (你是不是準備走了？) (= *Ready to go?*) 我們收錄的是一般人較不會，且有單字可以背的。

　　Retreat. 這個字的主要意思是「撤退。」在這裡的意思是「走吧。」(= *Let's go.*)【一般字典沒有】*Ready to rock? Ready to roll?* 中，rock 的主要意思是「搖動」，roll 的意思是「滾動」，可指「出發」，或「開始」。這兩句話在這裡的意思都是「要走了嗎？」在美國 911 事件發生時，聯合航空 (United Airlines) 飛機上，有位乘客 Todd Beamer (陶德・比默) 最後一句話説："*Let's roll.*" (我們開始吧。) (= *Let's do it.*) 想叫大家開始攻擊劫機犯，結果使恐怖份子沒有擊中美國五角大廈 (The Pentagon)。*Ready to rock?* 源自 *Are you* ready to rock? 可加強語氣説成：*Ready to rock and roll?* (要走了嗎？)

　　Let's blow. 中，blow 的主要意思是「吹」，在此作「迅速離開」(= *leave a place quickly*) 解。*Let's blow*. 的意思是「我們走吧。」(= *Let's go.* = *Let's leave.*) *Let's head out*. 字面的意思是「我們朝外面走吧。」引申爲「我們出發吧。」(= *Let's get out of here.*) *Let's make tracks*. 中，track 是「足跡；痕跡；軌道」，make tracks 是成語，作「離開」(= *leave a place*) 解。這句話的意思是「走吧。」(= *Let's leave.*)

UNIT 10

Let's split. 中，split 的主要意思是「分裂」，在此是「離開」
(= *leave a place*)。這句話的意思是「走吧。」(= *Let's go.*)

【比較】 *Let's split*. (走吧。)

Let's split up.

①我們分手吧。(= *Let's break up.*)

②我們分開走。

(= *Let's go in different directions.*)

Let's hit the road. 中，hit 是「打；擊」，這句話字面的
意思是「我們打路吧。」引申為「我們上路吧；我們走吧；我
們出發吧。」(= *Let's go.*) *Are you about finished?* 中，
about 是副詞，作「幾乎」(= *almost*) 解。也可説成：*Are
you almost finished?* (你快好了嗎？) (= *Are you about
ready?*)

【 Unit 10-12 背景説明 】

You really care. 源自：You really care *about me*. (你
真的很關心我。) 或 You really care *about us*. (你真的很關
心我們。) 或 You really care *about others*. (你真的很關心
別人。)

You always chip in. 中，chip in 源自在玩撲克牌時，
用籌碼下賭注。這句話可引申許多意思：①你總是願意幫
忙。(= *You're always willing to help.*) ②你總是願意出一
份錢。(= *You're always willing to pay your share.*) ③你
總是願意提供建議。(= *You're always willing to give
suggestions.*)

Unit 10 總複習

背至 2 分鐘之內，變成直覺，終生不會忘記。

1. *Unwilling* to learn.
   Afraid to change.
   Unskilled.

   Short-sighted.
   Short-tempered.
   Emotionally *frail*.

   Rude.
   Stingy.
   Anti-social.

2. *Bias* is *ignorance*.
   Never *discriminate*.
   It's *disgraceful*.

   Don't be *prejudiced*.
   Don't follow *stereotypes*.
   Treat all *equally*.

   Look in the *mirror*.
   Work on your *faults*.
   Don't judge others *harshly*.

3. What are the core values of
   socialism?
   Prosperity gives us a better life.
   Democracy is our goal.

   With *equality* we have *justice*.
   With *civility* we have *rule of law*.
   With *integrity* we develop
   friendship.

   Our *dedication* is strong.
   Our *patriotism* is indispensable.
   Living in *harmony* is our dream.

4. Be *appreciative*.
   Say thanks *frequently*.
   Love *unconditionally*.

   Be *optimistic*.
   Keep your *promise*.
   Create deeper *connections*.

   Practice *forgiveness*.
   Cultivate *compassion*.
   Live in the *present*.

5. *Apples* fight infection.
   Beans are high in fiber.
   Cherries calm your nerves.

   Carrots improve vision.
   Garlic combats cancer.
   Grapes prevent diabetes.

   Mushrooms decrease
   cholesterol.
   Onions lower blood pressure.
   Pineapples battle arthritis.

6. *Blueberries* boost memory.
   Cabbage promotes weight loss.
   Cucumbers promote clear skin.

   Dates protect the liver.
   Lemons fight depression.
   Oranges prevent strokes.

   Strawberries protect the heart.
   Sweet potatoes combat cancer.
   Watermelon boosts the immune
   system.

UNIT 10

7. *Happy Father's Day!*
   You are my *hero*.
   You are my *role model*.

   You are the best *dad*.
   You are *the head of the
   household*.
   I'm *proud* to be your child.

   You *protect* us.
   You make us feel safe and
   secure.
   I hope you *appreciate* my gift.

8. Happy *Moon Festival!*
   Happy *Mid-Autumn Festival*!
   Wishing you all the best.

   Time for family *reunion*.
   Will your family *get together*?
   Enjoy looking at the *harvest
   moon*.

   Got a *pomelo*?
   Got a *mooncake*?
   Having a *barbecue* at the riverside?

9. Boys and girls.
   Ghosts and *witches*.
   Zombies and *vampires*.

   Halloween is here.
   Go and get some *candy*.
   Scream out in delight.

   Knock on neighbors' doors.
   Trick or treat.
   Give me something good to eat!

10. *Greetings!*
    Congratulations and be
    prosperous.
    Have an *enjoyable* new year!

    Hope everything *goes well*.
    May things go *as you wish*.
    May you have an *abundant*
    year!

    Did you receive *red envelopes*?
    Enjoy a *reunion feast*?
    Play *Chinese chess*?

11. *Retreat*.
    Ready to *rock*?
    Ready to *roll*?

    Let's *blow*.
    Let's *head out*.
    Let's *make tracks*.

    Let's *split*.
    Let's *hit the road*.
    Are you about *finished*?

12. You really *care*.
    You always *chip in*.
    Keep in touch.

    No more *tears*.
    Friendship is forever.
    Our *prayers* go with you.

    Change is *inevitable*.
    The best of friends must *part*.
    All good things *come to an
    end*.

劉毅老師 推薦

 Windy 帶你學英語

···

Hey，everybody！

　　為了協助大家背誦「一口氣英語」，提高學習效率，我們聯合「Windy帶你學英語」微信公眾平台，共同推出系列線上課程。

　　根據劉毅老師「一口氣英語」的經典教材，由Windy老師親自錄音，每天播送三句，每晚8點，準時發佈。

■ 如何使用？

　　1. 每晚8點準時收聽，養成好習慣。
　　2. 跟著Windy老師的錄音進行練習，直到背好為止。
　　3. 申請進入微信晚讀班展示，與大陸各地的同學交流。

■ 長按掃碼關注：Windy帶你學英語
■ 微信號：Windy88928

每日三句
Windy帶你學英語

本書所有人

姓 名 _____ 電 話 _____

地 址 _____

（如拾獲本書，請通知本人領取，感激不盡。）

「用會話背 7000 字①」背誦記錄表

篇　　名	口試通過日期	口試老師簽名
Unit 1	年　　月　　日	
Unit 2	年　　月　　日	
Unit 3	年　　月　　日	
Unit 4	年　　月　　日	
Unit 5	年　　月　　日	
Unit 6	年　　月　　日	
Unit 7	年　　月　　日	
Unit 8	年　　月　　日	
Unit 9	年　　月　　日	
Unit 10	年　　月　　日	

「財團法人臺北市一口氣英語教育基金會」
提供 *100* 萬元獎金，領完為止！

1. 凡在 2 分鐘內背完一個 Unit，108 句，
　　即可領獎金 *500* 元。

2. 在 20 分鐘之內，背完 10 回，1,080 句，可再領獎金 *5,000* 元。

3. 背完整本「**用會話背 7000 字①**」，共可領 *1* 萬元。

4. 每天只能口試 2 次，限背一個 Unit。

5. 背誦地點：台北市許昌街 17 號 6F-6【一口氣英語教育基金會】
　　　　　　TEL: (02) 2389-5212

因為有您，劉毅老師
心存感激，領路教育

　　「領路教育」是2009年成立的一家以英語培訓為主的教育機構，迄今已經發展成為遍佈全國的教育集團。這篇文章講述的是「領路教育」與臺灣教育專家劉毅老師的故事。作為「一口氣英語」的創始人，劉毅老師一直是「領路教育」老師敬仰的楷模。我們希望透過這篇文章，告訴所有教培業同仁，選擇這樣一位導師，選擇「一口氣英語」，會讓你終生受益。

劉毅老師與「領路教育」劉耿董事長合影

一、濟南年會，領路教育派七位老師參加培訓

　　2014年4月，劉毅老師在濟南組織了「第一屆一口氣英語師訓」，這是「一口氣英語」第一次在大陸公開亮相。「領路教育」派出7位老師趕往濟南參加，因為團隊表現優異，榮獲了最優秀團隊獎，Windy老師還獲得了師訓第一名。劉毅老師親自為大家頒發了證書，並且獎勵了Windy老師往返臺灣的機票費用。他希望更多的優秀老師，能夠更快地學到這個方法，造福更多學生。這一期對大陸老師的培訓，推動了兩岸英語教育的交流，也給大陸英語培訓，注入了全新的方式和動力。

二、效果驚人，「領路教育」開辦「一口氣英語班」

　　培訓結束後，「領路教育」很快組織並開設了「暑假一口氣英語演講班」。14天密集上課，孩子們取得的成效令人驚訝！孩子獲得了前所未有的自信！苦練的英文最美，背出的正確英文最自信。孩子們回到學校，走上講臺，脫口而出英文自我介紹時，留給整個課堂的是一片驚訝，和雷鳴般的掌聲！這也讓我們對劉毅「一口氣英語」的教學效果更加信服。

三、Windy老師成為劉毅一口氣英語培訓講師

　　自此，我們開始著手開了更多的「一口氣英語」班級，越來越多的區域出現了非常多優秀的「一口氣英語」老師。「領路教育」逐漸發明了一套「一口氣英語」班級的激勵系統，特色的操練方式和展示的配套動作。由於在「領路教育」有了成功的教學實踐，Windy老師收到劉毅老師的邀請，作為特邀講師，協助「一口氣英語」在各地的師訓工作。

四、連續三場千人講座，助推劉毅一口氣英語的全國傳播

　　2016年10月18日，在「領路人商學院週年慶典暨千人峰會」的同時，「領路教育」順利組織了劉毅「一口氣英語」在長沙的首屆師訓，劉毅老師親臨現場授課，並且接連在長沙、太原、武漢三地開展「劉毅一口氣英語千人講座」，向學生、家長展示「一口氣英語」學習效果，場場爆滿，反應熱烈！